華燈初上

小說撰寫：洪立妍
原著劇本：杜政哲

目錄

人物介紹

羅雨儂（Rose——蘿絲）

「光」的媽媽桑之一。做生意豪爽乾脆又不拘小節，是條通裡眾人學習的榜樣。出身好人家卻內心孤獨，家對她來說就像牢籠一般，人生低潮時對她伸出援手的是蘇慶儀。

蘇慶儀（Sue——蘇）

「光」的媽媽桑之一。從小跟著母親四處打零工，過著窮困的生活，靠著閱讀來填補心中的傷口。當她獨自飄流在外時，遇見了雨儂。聰明又機靈的她，在條通的工作屢受嘉許，後來決定和雨儂合力頂下「光」。

黃百合（Yuri——百合）

「光」裡話最少、最安靜的一個，一張臭臉加上一針見血的性格，是她獨特的魅力，「冷豔又有距離感」是她的特色。有時欲擒故縱，有時反向操作，是她屹立不搖的原因。

季滿如（阿季）

「光」裡最資深也最讓人頭疼的麻煩人物。沉溺於牌桌與六合彩讓她欠下大批賭債，總是引來黑道上門。

李淑華（Hana—花子）

日式酒店「光」最資淺的小姐。過去曾被迫在娼寮工作過，後來因犯下殺人未遂罪入獄，也因此認識了雨儂。「笑得奔放，看得妖媚」是她的特色、傲人豐滿的身材是她的賣點，但李淑華從不覺得可恥，因為她認為「這就是她的本事」。

王愛蓮（Aiko—愛子）

「光」裡最年輕的小姐，是物質至上的拜金女，也是知名大學的學生。她相當懂得酒場禮儀、察言觀色，她的甜言蜜語總能逗得酒客們心花怒放。

潘文成

遊走在黑白兩道之間的刑警，外表吊兒郎當，總是帶著邪魅一笑。每天跟三教九流打交道，身上兄弟味十足，深知查案的前提是得在這個深具人脈的歡場中下功夫，才能獲得最珍貴的資訊。

李建達（阿達）

刑事偵查科警佐，文成的下屬，個性直率，常常少根筋，總學不會在適當時候做適當的事。當年靠著懲奸除惡的一股熱血考上警校，真正當上警察之後，才發現這個世界並不如他所想像的單純。

江瀚

電視臺的才子編劇，也是個自由奔放的浪子，看似有才、對社會充滿理想抱負，實質上是沒什麼責任感的人，在眾多女子間遊走。

何予恩

看似木訥寡言，其實是個慢熟的男孩，戀愛經驗值零。予恩生日那天，幾個男同學為了替他慶祝，帶他來到「光」。那晚，他遇見了一個改變他一生的女人——蘇慶儀。

華燈初上

〖影視改編小說〗

序一

一九八八年，初夏黃昏，一場颱風即將來襲。

不如以往燈紅酒綠的熱鬧，此刻，林森北路的條通巷弄靜悄悄的，多數店家都暫停了營業，只有「光」的招牌仍在風雨中的昏暗下亮著。

「光」是一間日式酒店，年代有些歷史了，雖是小本經營，卻是數一數二生意興隆的店家，媽媽蘿絲和蘇在條通是出了名的兩位媽媽桑，她們一個性情豪爽、不拘小節；另一個知書達禮、善解人意，她倆認識幾乎一輩子了，漫漫人生，她們是彼此不可或缺的依靠。

風雨呼嘯的這晚，小姐們在休息室裡準備上工，百合慵懶地窩在角落一張破沙發上補妝；阿季剛到，揮拍著身上雨水、風風火火地走了進來，從衣桿上拎起一套服裝便掀開一旁的更衣簾，不巧，裡頭已經有人了，花子衣服才換到一半，豐腴的身材顯露無遺，她抗議地大叫——

「有沒有禮貌啊？我還沒換完耶！」

「快點好不好？」阿季不耐地催促，颱風天上班令她相當不悅，「這種天氣不是該放假嗎？錢重要還命重要？」

「沒辦法，誰叫今天是蘇媽媽的最後一夜呢？」百合畫著眼影，看也沒看阿季一眼。

今晚是蘇在「光」任職的最後一夜，幾週之前，她答應了店裡常客中村先生的求婚，很快就要嫁去日本。

「這麼虛情假意幹麼？我看整間店也沒人希望她留下來。」阿季說著，語氣相當不屑。

花子換好衣服，拉開簾子走了出來——「怎麼這麼說？蘇媽媽平常哪裡對我們不好了？」

阿季冷笑一聲，兀自更衣去了，百合則冷然看了花子一眼，一切盡在不言中。

雨勢越來越大，「光」營業好一會兒了，仍然一桌客人也沒有。蘇倒是不以為意，即便最後一夜，她也沒讓自己閒著，和會計雅雅在櫃檯前結算帳目；蘿絲就沒這麼鎮靜了，不知是因為天氣、還是因為蘇要離開，她一直板著臉坐在吧檯邊抽菸，面前一杯威士忌早已被喝了大半。小姐們各據一角，各自打發時間，店裡安靜得出奇，空氣彷彿凝結了一般，透露著詭譎的氛圍。

風鈴響了，店門突然被推開，狂風驟雨跟著颳了進來，眾人不約而同地朝門口看去，不解這時誰會冒著風雨前來。少爺小豪立刻上前接客，精神抖擻地喊著——「いらっしゃいませ（歡迎光臨）！」

來者收起雨傘，竟是幾近全身溼透的愛子，她本是「光」的小姐，基於某些原因，不久之前離職了，她的來訪令人感到意外，雅雅一臉驚喜地迎上前去——「愛子，妳怎麼會來？」

「聽說蘇媽媽要離開了，我當然要來送她最後一程啊。」愛子粲然一笑，意有所指地看向了蘇。

時間將近九點了，小豪看了看牆上的鐘，提議道：「看樣子今天不會有客人了，不如就當我們自己人同樂、來幫蘇媽媽餞別吧，蘿絲媽媽妳覺得呢？」

「隨便，我沒意見。」蘿絲聳聳肩，很明顯，她根本沒這個心情。

蘇瞥了蘿絲一眼，視線又掃過在場眾人，這一張張臉，與她之間都有著說不盡的故事。今晚，可能也是最後一次見面了吧，想到這她笑了，替自己倒了杯酒，舉杯面向他們——

「既然大家都在，有些話，無論如何我都想說說……六年前我來到『光』，也是從小姐開始做起，才成了媽媽桑的。這中間，店裡小姐來來去去，好不容易有了今天的模樣，經過風風雨雨也沒倒下，希望我離開後，你們也能同心協力，讓『光』越來越好。」

蘇一口喝乾了酒，又斟滿酒杯，轉向了蘿絲，她當然該敬她一杯。

「我知道我丟下『光』要去日本讓妳很不開心，但人生嘛，沒有不散的宴席，妳懂的不是嗎？」

蘿絲默不作聲，只是冷冷看著蘇，本來她心裡有好多話，但到了這刻，說不說都不重要了。

「敬妳，我最好的朋友，前半輩子多虧有妳照顧，我才會是今天的我。」蘇當然了解蘿絲，也不在意她沒有回敬，緩緩飲盡杯裡的酒。

氣氛有些尷尬，小豪拿出早已準備好的相機，邊架腳架邊熱情地嚷著——「我們來拍張大合照嘛！今天是蘇媽媽的最後一夜，總要留個紀念吧……來來來……」

吆喝中，小姐們不太情願地聚到一起。快門聲響，將「光」所有人框在那張相片裡，蘿絲和蘇站在最中間，那是她們最後一張大合照。

華燈初上

〖影視改編小說〗

序二

颱風過後天空意外晴朗，湛藍色的天際，一片雲也不見。

中山分局內一片嘈嚷，警員們忙進忙出，處理著因昨夜颱風而激增的案件。老舊的電風扇在牆角咯咯轉著，微弱的風量止不住眾人的汗，空氣中有種無法逃避的黏膩感。

偵訊室的溫度比外頭更為悶熱，便衣刑警潘文成正與搭檔阿達一起審問著面前的毒販。乍看之下，文成有些不修邊幅，與其說是警察，其實更像流氓，他不按牌理出牌的風格偵破了多起刑案，分局內，眾人都要喊他一聲「成哥」。

「我問最後一次，你店裡為什麼會有K粉？」阿達滿頭大汗地瞪著毒販，已然快失去耐心了。

「我哪知道？客人這麼多，有人掉金條我也不會注意。」毒販吊兒郎當，沒把阿達放在眼裡。

噠的一聲，桌上的錄音機突然跳停，阿達拿起檢查，發現它竟然壞了。

「慢慢來，我可以等你修好再繼續。」毒販冷眼看著阿達敲打著錄音機，幸災樂禍。

「你再給我囂張，信不信我揍你？」阿達怒瞪了毒販一眼。

「沒憑沒據的你揍揍看呀——啊！」

毒販還沒說完，文成便忽然起身，朝他臉上揮出一記重拳，痛得他摀著臉說不出話。文成又抓起他的頭，拎起桌上一包K粉在他面前晃著——

「招不招？反正現在沒錄音，不招我再送你一拳。」

毒販見他目光如炬，有些怕了，討價還價問道：「……我可以轉汙點證人嗎？」

文成作勢又要揮拳。

「招！我招……」

這時，偵訊室的門開了，同組的女刑警妹妹探身進來——「成哥原來你在這，我剛找不到你，還以為你出發了。」

「出發去哪？」文成不解。

「剛有同仁回報，說大龍山東坡路段發現一具無名女屍，一群攝影社學生報的案，他們說屍體是被埋在土裡的。」

文成眉頭一皺，依他的經驗，這種發生在颱風天的命案，肯定不好辦。

＊

烈日當頭，登山步道旁的樹林間已經拉起了封鎖線，地上躺著一具覆蓋白布的屍體，鑑識人員正在周遭採集證據。一名員警領著文成、阿達和妹妹走來，正午的太陽晒得他們滿頭大汗。

文成跨進了封鎖線，鑑識員一見是他，立刻上前報告：「死者是名女性，初步勘驗年約三十，身上沒有任何證件。」

「有外傷嗎？」

「目測沒有明顯外傷，但因為都是泥土沾黏，確切死因及死亡時間需要驗屍後才能確認。」

點了點頭，文成朝著屍體走去，掀開白布，卻震懾地瞪大了雙眼——

「不可能……」

「成哥，怎麼了？」阿達和妹妹察覺不對勁，走向了他，兩人看到屍體時，也是一臉錯愕。

「是……蘇媽媽……？」

「怎麼會……」

白布下，是蘇的屍體，面容依舊清麗，彷彿只是睡著了一般。

章一
羅雨儂

事情總是這樣，
強求的時候沒有，
不需要的時候就發生了。

蘿絲的本名是羅雨儂，如同玫瑰般，她綻放著一股桀驁不馴的生命力，美歸美，卻渾身帶刺，誰要冒犯了她，絕對會被扎得痛不欲生。當初取這花名，可以說是蘇的主意，她認為以姓氏發音做為名字，簡單大方又好記，同樣的方式也套用在自己身上，蘇的本名為蘇慶儀。

這種瑣碎的細節，慶儀總是頗有想法，而雨儂正好最怕麻煩，從成為媽媽桑開始，店裡事務便由慶儀主內、她主外。這些年來她們合作無間，把「光」

經營得有聲有色。本來以為這家店會跟著她們一輩子的，如今慶儀卻說走就走，還是遙遠的日本，坦白說，雨儂有種被拋棄的感覺。或許是她太高估她們的感情了吧，無論如何，分離總是人生的常態。

肆虐一夜的颱風已經過境，天空仍然陰陰沉沉，雨儂的心情也是如此。這是她單打獨鬥的第一天，才準備早點去開店，電話卻在要出門時響了。是潘文成打來的，那個有他在就沒好事的刑警，在電話那頭告知了慶儀的死訊。

匆匆招了輛計程車，雨儂來到醫院，一路跟著文成進了停屍間。在他示意下，阿達掀開了白布，慶儀毫無血色的臉就這麼出現在她的面前。

好一會兒，雨儂只是站在那兒，面無表情地盯著慶儀，那張她認識了將近一輩子的臉，恍惚中，她的思緒穿過往昔，回到了一九六七年夏天，她和慶儀十五歲那年，她倆人生中的第一次相見……

那天她闖了禍，被父親春生拿著棍子追打，她衝出家門，差點撞上一輛搬家公司的貨車，慶儀正好跟著母親美玉走下貨車，準備搬進她家對面的房子裡。眼看春生已經追出屋外，情急之下，雨儂只好把慶儀當成擋箭牌，卡在自己和春生之間，上演了一場老鷹捉小雞的鬧劇。

好巧不巧，這位新鄰居後來又轉進了她學校，成了她的同班同學。少女時期的慶儀成績優異、外貌出眾，吸引了不少男同學的青睞，卻也招來女同學們的妒忌，頻頻找她麻煩。面對她們，慶儀總是客客氣氣不敢反擊，反倒雨儂看不過去，好幾次替慶儀出頭，趕跑了那些來找碴的同學。她本來就是師長眼中的頭痛人物，蹺課打架對她來說，不過只是家常便飯。

一個是叛逆自我的太妹，一個是文靜羞怯的乖乖牌，她倆從來不是同路人，卻被緣分牽在一起，成了無話不談的朋友。有次她這麼問慶儀：「我們倆個性差這麼多，卻當了朋友，妳不覺得很奇妙嗎？」

慶儀卻說：「就是因為不同，才能看見不一樣的世界呀。」

確實，人嚮往的，可能都是那個與自己毫不相干的世界吧。在慶儀身上，雨儂學到了許多，一開始以為慶儀柔弱，後來才發現她的忍讓，其實是種不願隨波逐流的堅定。每次她要衝動行事，總是慶儀拉住她、替她分析得失利弊，她才不至於有更脫軌的行為。

怎麼說都是青春期的女孩，笑笑鬧鬧自然也少不了爭執。她們深知彼此痛處，那些最過分、最傷人的話，她們早就說過八百遍了，然而每次賭氣之後，她們又會抱在一起哭著和好，感情反而越來越深。

雨儂的初戀，也是在慶儀眼皮底下發生的。高三那年的某天放學，她拉著慶儀去冰店吃冰，兩人顧著嬉鬧，沒注意到隔桌一群穿著五專制服的大男孩中，有一人的目光始終停留在她身上。

男孩叫做吳少強，那日離去前，他朝雨儂桌上丟了張紙條，上面寫著自己的姓名電話。當時的雨儂哪裡知道，這張紙條，竟然改變了她的一生。

鳳凰花開，高中歲月一眨眼劃下了句點，雨儂勉強擠進一所吊車尾的學校，慶儀則上了前三志願，雖然都在臺北，仍是分隔兩地。雨儂開始和少強交往，準備就業的少強成天遊手好閒，甚至「借」了一臺偉士牌機車，時常載著她往慶儀那兒跑，三人再一起三貼去兜風，少強總開玩笑說，他才是雨儂和慶儀之間的第三者。

成年之後的雨儂，就像飛離籠中的小鳥，更放肆了，一天到晚抽菸喝酒，有事沒事就往迪斯可跑，最終落得了被二一的下場。其實她不是壞，只是太渴望自由、太想跳脫制式的人生，卻又找不著方式，只能這樣張牙舞爪地揮霍著。父親春生當然不理解，他早不奢求雨儂成材，卻沒想到她這麼離經叛道，不僅被退學，還跟著男人去偷車，一氣之下，他揚言和雨儂斷絕關係，要她滾出這個家。

說實話，雨儂根本不在乎，反正從小她就跟家裡格格不入，她打定主意離開這個鬼地方，跟著少強私奔到高雄。離開臺北那天，她和慶儀緊握著彼此的手，在車站月臺哭得難分難捨，要說真有什麼讓她捨不得的，就只剩下慶儀了。

「妳放心，等我發大財了，我就把妳接過來跟我們一起住。」她這麼對慶儀保證。

「發什麼財？妳現在連吃飯的錢都不夠了妳要發什麼財……」慶儀邊擦眼淚，一邊掏出口袋裡所有的錢，全都塞給了雨儂。

雨儂哪裡肯要？兩人推推拉拉好一陣子，直到火車哨音響起，她才不得不收下。

「……妳會來找我對不對？」臨別在即，雨儂又紅了眼眶。

「當然，我一定會去找妳。」慶儀用力點頭，信誓旦旦。

慶儀實現這個承諾，大約是一年之後的事了，她來到高雄時，雨儂和少強已經公證結婚，有了穩定的工作，適逢其時，一個新生命意外造訪，是個男孩，他們取名子維。

初為人母，雨儂一點心理準備也沒有，但在看到子維那張小小的臉時，她的不安竟然煙消雲散了。她在心裡對自己承諾，一定要給這孩子一個幸福的家庭。

誰知道，子維誕生後不過幾年，少強便在友人慫恿下合資開了間貿易公司。雨儂當了保人，少強卻慘遭詐騙，將一屁股債全留給她，私自跑路了。那是雨儂第一次明白，原來再愛的人，也會有背叛自己的一天。

二十五歲那年，雨儂被警方依票據法逮捕入獄，服刑的三年間，慶儀不僅時常探望，還以乾媽身分扛起了照顧子維的責任。牢裡日子很苦，若不是有他們兩個，雨儂真不知道自己還能期待什麼、該怎麼撐下去。

聽到慶儀迫於生活，去了酒店工作，雨儂心裡五味雜陳，慶儀一直想成為一名文學編輯，無奈卻當起了小姐。再看看自己，比誰都愛好自由，卻被關在這個不見天日的地方，怎麼她們倆的人生，跟當初想得都不一樣？

好不容易熬到出獄，正好酒店原本的媽媽桑決定退休，雨儂便和慶儀一起頂下了店，成了「光」的老闆娘。命運再不寬厚，至少她們還有彼此，多少風風雨雨，她們都扶持著走過來了，而現在在她面前的，卻是一具冷冰冰的屍體……

大半生的過去歷歷在目，雨儂看著慶儀，竟諷刺地笑了，笑著笑著腿又忽然一軟，趴在慶儀身旁痛哭失聲。哭聲穿透了停屍間，那是她與慶儀的訣別。

*

月色下，雨儂站在醫院外抽菸，一個失神，不小心被燒盡的菸灰燙到。她把菸熄了，稠悵看著殘餘的星火。

「還好嗎？」

關心的聲音從一旁傳來，文成不知何時來到了雨儂身邊，似乎陪她站了好一陣子。身為中山區刑警，他和「光」算是頗有淵源，對於這次事故也相當遺憾。

雨儂怔然，回答得雲淡風輕：「死的死了，還活著的也只能沒事了，不是嗎？」

畢竟是刑警，文成一下就看出了雨儂的壓抑，又說：「屍體是今天上午發現的，但死亡時間，應該是昨天晚上。」

「……嗯。」

「昨天晚上，你們店裡有營業嗎？」

「有。」

「颱風耶？這麼愛賺？」文成刻意輕鬆，聊天般地問道：「蘇媽媽昨天也有上班？」

「最後一天。」

「最後一天？」

「原本她下禮拜就要去日本了。」雨儂無心搭理，簡短回答著。

「喔。」慶儀要嫁去日本一事，文成是知道的，他沒再多問了。

夜深人靜，雨儂回到了她在條通附近租下的公寓，兩房兩廳，就她跟子維同住。到家時，子維正好上完廁所，睡眼惺忪地走了出來。國二的他已經是個早熟懂事的青少年，雨儂工作特殊，他學會了照顧自己，甚至還會反過來照顧雨儂。

「……媽。」

「你怎麼還沒睡？」

「起來上廁所。」子維見雨儂一臉疲憊，問道：「妳怎麼了？」

畢竟慶儀是子維的乾媽，遲早得告訴他這個消息；雨儂猶豫著，話卻梗在一半說不出口，想想時間晚了，還是作罷。

「沒事，明天再說吧。」她勉強笑了笑。

梳妝臺前，雨儂看著鏡子裡的自己，那個她眼窩凹陷，眼神空洞，那是只有在放棄一切的人臉上才會出現的表情。緩緩地，她卸下了耳環首飾，拉開抽屜正要歸位，裡頭一條條手帕卻在此時映入眼簾，手帕顏色、款式不一，都是慶儀親手縫的。從國中開始，每年生日她都會收到一條這樣的手帕，她曾對慶儀笑說，再送下去自己都能開店了。

二十多條手帕，代表著她們相識的年份。最新一條是高貴的黑色，不久前慶儀在她生日會上送的，上面繡著紅色的英文字母，這麼多年來如出一轍的「R」與「S」，生命共同體般緊緊相繫著。

雨儂從來沒想過，她倆的關係，竟然會因為一個男人變質。

男人名叫江瀚，午間閩南語連續劇的窮編劇，窮歸窮，他卻滿腹才情，充滿理想抱負。江瀚和慶儀是舊識，幾年前與製作人來店裡喝酒，認識了雨儂。那晚兩人聊得盡興，好似都懂得彼此的脆弱與寂寞，都是灑脫率性之人，自然而然地，他們被彼此吸引了。

回想起來，自己跟江瀚的愛情，就像兩人認識那天她在臺上唱的那首歌。一開始輕輕淡淡，中間轟轟烈烈、浪漫又深刻，但激情過後，卻只剩下蒼白的餘音。

兩年多的感情，怎麼走到分手這步的？雨儂其實並不清楚，只知道，隨著在一起的時間長了，江瀚開始有意無意地躲避著她，先是不接、不回電話，後來更常以趕稿為藉口，一消失就是好幾天。

雨儂最無法忍受的，就是這種不清不楚、不明不白，寧願痛快一點要個真相，所以她去電視臺堵了江瀚，果真被她撞見他跟一名女明星曖昧地共進午餐。那個下午，她一路跟著江瀚回家，想想自己真傻，交往兩年，他總說需要空間，連家住哪裡都不讓她知道，而她居然也接受了。

按下門鈴，不一會兒門便開了，江瀚見雨儂站在外頭，不禁一呆。

「很意外嗎？」她一臉陰沉地問著。

「妳怎麼知道……」江瀚雙眉微微蹙起，顯然覺得被打擾了。

「不跟蹤你的話，我大概永遠不知道你住哪吧。」

感受到了氣氛的凝重，江瀚默然不語。

「沒打算讓我進去坐一下嗎？」

礙於風度，江瀚只好讓出走道。雨儂走了進來，視線在屋裡轉了一圈，簡簡單單、沒有太多擺設，跟她想像的差不多。

「檢查完了嗎？」江瀚的語調冷冷淡淡。

「進來還不到一分鐘，已經要趕我走了？」

雨儂沒打算走，反倒在沙發上坐下，雙眼睜大看著江瀚，「我看到你跟那個女明星了。你們去吃了午餐，有說有笑聊了快三個小時，喝了咖啡、吃了你最愛的起司蛋糕，然後她買了單，你們笑呵呵離開……我都看到了。」

「所以呢？」江瀚一副毫不在乎的模樣。

「跟我們開始的時候好像，那時我們也有聊不完的話……怎麼會變成現在這樣？……」雨儂說不下去了，她不想哭，趕緊從包裡拿出了菸，卻找不著打火機，胡亂地翻著包包。

江瀚保持距離看著雨儂，也沒遞上打火機的打算。

「你連個火都不打算借我了嗎？」見他無動於衷，雨儂忍不住大聲了起來，「你到底怎麼回事？江瀚你到底怎麼回事？」

「什麼怎麼回事？」

「整整一個禮拜沒有聯絡，你說要趕大結局不要吵你，現在你交稿了吧？你還有什麼理由？」

「不愛了。」清楚明瞭，江瀚無情地扔下了這三個字。

雨儂一愣，就算知道有這可能，還是不敢置信，「什麼叫做不愛了？」

「不愛了這三個字，不難懂吧。」

「為什麼？」她不甘心，還想追根究柢。

「哪有什麼為什麼？愛呀恨哪這種事，不是每天都在上演嗎？」江瀚聳聳肩，回答得理所當然。

隱忍的情緒終於爆發，雨儂氣得將桌上東西全都掃到地上，吼道：「我店裡不是演的，那是我的人生，不是你寫的那些爛戲！」

「我愛上別人了。」一句話，江瀚便堵上了雨儂的嘴。

「……」

「這個理由，有沒有比較好？」

雨儂狠狠瞪著江瀚，忽然上前，用盡全身力氣撲打著他，江瀚也不閃躲，就這麼任雨儂發洩著。兩人心裡都清楚，他們的戀情走到這步，是時候曲終人散了。

雨儂恨江瀚，更恨自己總是碰到爛男人。那之後好多天，她都關在房裡，不吃不喝不睡，慶儀帶了她最愛的食物來探望，她也不為所動。

「我連不想活的念頭都有了，哪來的食慾？」

不料慶儀卻鼓勵道：「死了好，真的死得成，那就最好了。」

雨儂愣然，慶儀見她不解，又道：「死了的那個，就會變成永遠，被封印在回憶裡，放得越久越美，時不時還會冒出來戳你一下，讓你忍不住想念……」

「蘇慶儀，妳怎麼能說出這麼噁心的話？」雨儂聽了覺得肉麻。

「江瀚不就因為會說這些假鬼假怪的話，才把妳迷得死去活來？」慶儀這話，略有調侃的意味。

「妳現在是嫌我還不夠慘、非要逼我去死嗎？」雨儂大聲抗議。

慶儀笑了，抱著雨儂，姊妹情深。「我跟妳，這麼多大風大浪都經過了，死不了的。」

雨儂黯然任慶儀抱著，是啊，再怎麼說她都還有慶儀。要死，也是江瀚去死。一如既往，在慶儀溫暖的懷抱中，雨儂終於放過了自己。

這個無情世界，如果有個人絕對不會背叛她，肯定就是慶儀了，雨儂如此深信著。

＊

命運偏偏這麼諷刺，沒多久就推翻了這個「如果」。

發現慶儀和江瀚的事，是在她生日那天。依照慣例，每年媽媽桑們生日，「光」都會舉辦活動，邀請舊雨新知一起同歡。

那天營業前，慶儀忙著打點慶生會的一切，雅雅拎著一大袋零嘴走進店裡，那是為今晚客人們準備的，她順手將一個紙袋交給慶儀——

「蘇媽媽，這是上次妳們跟中村先生打球的照片，我剛經過銀箭，順便拿回來了。」

慶儀正在布置場地，一時騰不出手，雨儂代為接過——

「給我吧。還有什麼要幫忙的嗎？」

「沒有沒有，壽星妳快進去準備，這裡交給我們。」花子扳過雨儂的肩，笑嘻嘻地將她推進了休息室。

當晚的「光」滿場賓客，歌聲笑語此起彼落，慶儀在臺上主持，雨儂則獨自坐在休息室裡等著登場。空檔之間，她瞥見了擱在桌上那個紙袋，拿出照片隨手看著，一張張都是小姐們不久前與中村先生打高爾夫球的留影。

翻著翻著，雨儂表情凝住了，拿著照片的手微微顫抖。她迅速翻看下一張、再下一張……

照片裡的主角，是慶儀和江瀚。他們手牽手走在路上，模樣親密得有如情侶。

雨儂愣在當下，難道江瀚說的那個別人不是什麼女明星，而是慶儀？還沒有辦法思考，休息室外便傳來了慶儀的聲音，她以麥克風高喊著——「那我們有請壽星出來囉——蘿絲媽媽！」

掌聲歡呼瞬間響起，把雨儂拉回了現實，她手中仍緊緊握著那疊照片，不敢置信，也不寒而慄。

現身時，雨儂已經暫時整理好心情，她站在臺上，目光掃過全場，然後落在慶儀身上。慶儀也笑望著她，那個熟悉的優雅笑容，原來藏著這麼深的祕密，雨儂忽然一陣心涼，捧起酒杯一飲而盡——

「人生躲不掉的事那麼多，既然躲不掉，那就來吧……」一杯下肚後，雨儂這麼開口了。

一片靜默，沒想到是這樣的開場白，眾人面面相覷。

雨儂說了下去：「比如說過生日啊，過完一次就老一歲，明明怕老怕死，偏偏要大肆慶祝，人是不是很賤？但……這就是人生，躲不掉的就來吧。」說完，仰頭又是一杯。

不知從哪兒推出了一個三層蛋糕，慶儀唱著生日快樂歌，一邊來到了雨儂面前。全場歌聲下，慶儀將切蛋糕的刀子遞給雨儂，雨儂緩緩接過，刀鋒反射了店裡燈光，不偏不倚映在她的臉上。

閉上眼睛，雨儂開始許願：「第一個願望，『光』生意興隆……第二個願望，在場所有痴男怨女身體健康，事事順心……」她睜眼，直視著慶儀，意味深長地一笑，「最後一個願望我就放心裡吧，說出來……就不會實現了。」

那晚，江瀚後來也來了，是被不知兩人分手的友人拉著來的。他們到的時候，店裡正在進行猜紅鞋的遊戲，雨儂和其他小姐站在布幕後面，只露出了一截小腿，腳上都穿著同樣款式的紅色高跟鞋。

慶儀不在她們之內，她擔任主持人的角色，詢問著臺下：「還有誰要猜？到底哪雙紅鞋才是我們壽星？猜錯的要罰，看今晚開幾瓶喔。」

「正好正好，換江瀚猜，他怎麼可能猜錯蘿絲媽媽？」友人不顧江瀚意願，搶著替他舉手。

江瀚根本無心遊戲，但又騎虎難下，隨手亂指著，「那就最右邊那雙。」

右邊紅鞋的主人走了出來，竟然真是雨儂。

沒料到江瀚會來，但都是成年人了，逢場作戲的功夫還是有的。面對眼前又愛又恨的男人，雨儂表現得落落大方，彷彿什麼事也沒發生過一般，甚至刻意在慶儀面前與他狀似親密，想藉此觀察她的反應。果不其然，慶儀的臉色相當難看。

又過了兩三天，她消化得差不多了，才去向慶儀攤牌，比起江瀚，她更在意慶儀的背叛。好半晌，她都等著慶儀開口給她一個交代，慶儀卻只是坐在那兒，盯著手中那疊照片，默然不語。

「為什麼是江瀚？」等不下去了，雨儂質問地瞪著慶儀。

「……」

「為什麼是江瀚？」按捺著，她又問了一次。

「……」

慶儀的沉默激怒了雨儂，忿忿搶過照片，一把撒在她面前——

「我問妳為什麼是江瀚？」

照片飛散，落在桌上、地上、慶儀的身上，慶儀再也壓抑不了情緒，一串眼淚忽然落下，她趕緊擦去，卻越擦越止不住了……

「妳現在哭什麼意思？是在跟我道歉、還是覺得委屈？……妳搶了江瀚，該哭的人是我吧？」雨儂覺得荒謬。

然而，慶儀卻淚眼瞪向雨儂：「我沒有搶。」

「妳沒——」

不待雨儂說完，慶儀便打斷了她，「我沒有搶，我是等妳不要了……我只是等妳不要了，我才去撿。」

「不要在我面前說這種可憐兮兮的話。」雨儂聽不下去，只想知道真相，「所以之前妳那些安慰的話都是假的？妳是不是早就計畫要跟他在一起了？……還是更早、我們還在一起的時候，妳就喜歡他了？」

「對。」慶儀答得乾脆，雨儂霎時愣住了。

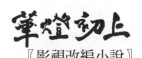

「是我先喜歡他的……那又怎樣？江瀚是我帶到店裡來的，在我還來不及跟妳說我喜歡他之前，你們就在一起了。」慶儀說著，嘴角自嘲地上揚了，「妳一天到晚在我面前講你們的事，開心的時候講，難過的時候也講，連被甩了都還哭哭啼啼要死不活地讓我勸著，妳想過我的感受嗎？」

原來，慶儀是以這樣的心情度過這兩年的，認識這麼久，雨儂第一次覺得，或許自己一點也不了解慶儀……

隨手撿起一張照片，看著上面自己的笑臉，慶儀更覺心酸。

「我連愛他都要愛得這麼卑微，我沒有對不起妳，卻要忍受妳的指責……妳不是我最好的朋友嗎？我終於跟我喜歡的人在一起了，妳就不能祝福我，像我當初祝福妳一樣嗎？」

她能祝福嗎？那一夜，看著淚如雨下的慶儀，雨儂沒有答案。

＊

時值夏季，是午後雷陣雨好發的時期，傾盆大雨總是忽然稀里嘩啦說下就下，令人心裡無限煩悶。

為了店裡安寧，檯面上，雨儂和慶儀一切如常，彷彿江瀚的事不曾發生似的，私下她們卻都清楚，這只是種暫時性的、虛假的和平。

都說時間能消融一切，雨儂多麼希望這份芥蒂也能如同夏日雷陣雨般，雖然來得猛烈，雨過總會天晴；然而卻又隱約覺得，她們倆的心結，或許再也沒有解開的一天……

某個夜晚，雨儂突然接到了子維電話，告知她慶儀在家尋短的消息。錯愕之餘，她來到醫院探望，一進病房就看到慶儀掛著點滴坐在床上，雙眼無神地望著窗外。
玻璃倒影中，慶儀看見雨儂走了進來，她頓了頓。「……子維呢？」
「我叫他回去了。」
此刻的慶儀失去了平日的優雅，一張臉蒼白憔悴、毫無生氣。即便在最艱苦的日子裡，雨儂也不曾見過這樣的她。
察覺了雨儂對她的憐憫神情，慶儀自嘲地道：「用這種眼神看我，算是原諒我了嗎？」
「我的原諒，不值得妳用一條命來換。」
「還差一點點……」慶儀澹然一笑，這才轉過頭來看著雨儂，「如果子維沒來找我、如果他晚一點來、如果他不知道備份鑰匙放在哪裡，那麼我現在……就是永遠了。」
雨儂一怔，想起慶儀說過「死去那個就是永遠」的一番話，心情複雜。
「這個世界，沒有這麼多如果。」
「怎麼會沒有？……如果我沒帶江瀚來店裡，你們也不會認識……如果我早一點跟他說我喜歡他，你們也不會在一起了吧？」慶儀說著，惆悵萬千。

心頭一凜，雨儂看向慶儀被繃帶包紮的手，愕然問道：「妳該不會是為了他才做這種蠢事的？」

一朵笑靨漸漸在慶儀唇畔浮現，她惋惜著，「死的那個就是永遠，在記憶裡閃閃發光，多美……可惜我失敗了。」

「妳有必要這樣……」雨儂話沒說完，就被慶儀打斷了——

「我被江瀚甩了。」

「……」聞言，雨儂愣住了。

「很快，對吧？」彷彿事不關己，慶儀淡淡說了下去：「妳嘲笑我吧，就當作是報應。他臨走前還說，如果要選一個天長地久的，那也是妳、不是我。」

雨儂當然沒笑，卻也無法同情慶儀，要說她心裡真沒半點痛快，那是騙人的。

沉默籠罩著整間病房。慶儀不願再面對雨儂，起身要去洗手間，一不小心弄倒了點滴架，差點跌倒。下意識地，雨儂上前要扶她，慶儀卻防備地退開了。

「這種體貼就算了吧……妳很累，我也不需要。」

雨儂還是懂慶儀的，她的態度說明兩人的關係，終歸是回不去了。一輩子建立起來的交情，竟然可以粉碎得這麼輕易，想想都覺得可笑。

休養一陣子後，慶儀回到了店裡，表面上一切如昔，她的心卻已然死去，不久後甚至答應了中村求婚，即將遠嫁日本。她在「光」的最後一夜，恰逢強颱來襲，店裡冷冷清清，早早便打烊了。

小姐們都離開後，慶儀一個人坐在休息室裡，等著正在收拾的雨儂，最後的最後，她有些話要跟她說。

終於，雨儂走了進來，她知道慶儀在等自己，緩緩點了根菸，無論慶儀要說什麼，她都做好了心理準備。

見雨儂沒有開口的打算，慶儀微微一笑，率先打破了沉默——

「最後一夜了，一句祝福的話都說不出來嗎？」

「對一個逃走的人，我應該要給什麼祝福？」雨儂一臉漠然。

慶儀訕然，閃過了一個不以為然的表情。「逃？」

「妳沒辦法面對江瀚、沒辦法面對我，甚至沒辦法面對妳自己，所以只好利用中村逃去日本，我說錯了嗎？」雨儂冷冷直言。

「別說得好像妳很懂我。」慶儀的口吻中帶著不屑。

「我曾經以為我懂，但現在，我越來越不確定了。」雨儂盯著慶儀，想找回熟悉的她，卻更加感到陌生。

「妳從來就沒懂過我，如果妳真懂，就不會老是一副高高在上、施捨給予的樣子。」

雨儂荒謬地笑了，竟然，慶儀是這麼想她的。「什麼時候開始的？……從什麼時候開始，妳覺得我在施捨妳？」

「從認識以來妳就是這個樣子了，搶著照顧別人、搶著替人出頭，好像全世界只有妳羅雨儂最強悍，別人都是弱者……」慶儀迎視著雨儂，說出了沉潛多年的真心話：「妳沒有想過我的感受、沒有在乎過我需不需要，妳做的一切，從來都只是為了成全妳羅雨儂的優越感。」

這番話狠狠刺傷了雨儂，但她不能輸，她用力把菸熄了，回擊道：「我以為妳很享受被照顧的感覺？」

「那麼，換妳來體會看看我的感覺如何？」

「妳什麼意思？」

拿起桌上的牛皮紙袋，慶儀將它遞給雨儂，神情中有種豁出去了的決絕。

「喏，離別前的禮物。」

又瞥了慶儀一眼，雨儂才抽出紙袋裡的文件，那是一份股權轉讓的切結書，文件最下方，標示著「光」所有小姐的名字。

「妳這是……」雨儂震懾，瞪大了雙眼。

「我把我在『光』的股份，全轉讓給大家了。」慶儀說著，一副勝利者的姿態，「要走，就要走得徹徹底底，像當年我離開家一樣。我跟妳之間，也不必再繼續糾纏了。」

「妳要走就走，但這間店——」

「我的股份，我有權決定怎麼處理……這份文件我已經寄給律師了，大家應該很快就會收到，我想她們會很開心的。」

「蘇慶儀……」雨儂瞪著慶儀，氣得全身微微顫抖。

欣賞著雨儂的表情，慶儀傲然說了下去：「我不是說過了嗎？我的前半輩子多虧了妳，現在我要離開了，總要有人代替我、照顧妳的後半輩子吧？」

一咬牙，雨儂撕碎了手中的轉讓書，扔在地上。

「妳就這麼恨我？」

「那妳呢？妳敢說妳不恨我嗎？」慶儀反問。

那些愛恨情仇終於爆發，雨儂再也控制不了情緒，抓起桌上的玻璃菸灰缸，眼看就要往慶儀頭上砸下……

華燈初上

〖影視改編小說〗

章二
季滿如

是我太傻了，這個世界上有誰會真的關心誰？

慶儀的驗屍報告出來了，根據法醫推算，死亡時間大約是當日凌晨十二點至四點之間，死因則是顱內出血，她的後腦勺曾遭鈍物重擊，造成了致命傷。

破案心切，文成立刻率領小組討論案情，他翻著剛出爐的報告，沉吟著：「死亡時間，大約是『光』的打烊時間……」

「我還是想不通，這麼好、這麼漂亮的一個人，到底是誰這麼狠心？」妹妹仍在替慶儀哀悼。

「一定是外人做的啊，可能是下班在路上碰到什麼壞人吧……」阿達揣測著。

「不，是熟人。」文成倒是非常篤定。

「為什麼？」阿達、妹妹同感不解。

把報告往桌上一攤，文成敲了敲上頭的照片：「看，不只一次遭到重擊，但只有第一次有生物反應，凶手肯定非常恨蘇媽媽，一次就想置她於死地……」

會議室裡一陣靜默，阿達、妹妹交換了一個眼神，毛骨悚然。

「昨晚最後見到她的人就是那些小姐，看來，得找她們一個一個來問話了。」

文成瞇起眼，突然有種預感：「說不定，凶手就是她們之中的一個。」

阿達一一回想著小姐們的臉，「她們裡面，跟蘇媽媽關係最不好的是……」

文成腦中，浮現了一個身影。

＊

某次，文成去「光」喝酒，微醺著來到廁所，卻在無意間聽到了慶儀與某人正在爭執，隱約記得對話是這樣的——

「妳如果對這間店有任何不滿，可以直接跟我反應，不要在背後搞小動作。」慶儀的聲音從角落傳來，客氣地警告著。

文成止步，朝聲音來源看了一眼，慶儀說話的對象，是阿季。

「那我就直說了，那天我跟中村先生好好的，妳為什麼要來破壞？妳就這麼空虛，非要全世界都喜歡妳不可嗎？」言語之間，阿季的態度相當挑釁。

「我想妳誤會了，那天中村先生很明顯感到為難。我是媽媽桑，該有的待客之道還是要有，至於他喜不喜歡我，那就不是我能控制的了。」慶儀沒有動怒，只是淡然說著。

這番話卻惹惱了阿季，她衝口罵道：「裝什麼清高？別以為我不知道妳做過什麼好事。」

恍惚中，文成意識到自己好像聽了什麼不該聽的，摸摸頭，逕自往廁所去了。

*

當晚，阿季和慶儀爭執的原因，是中村先生。

中村先生年近六十，是日商派臺的高階主管，隻身在臺難免寂寞，下班後偶爾會來「光」喝上兩杯。和一般尋歡作樂的酒客不同，他溫文有禮、風趣幽默，之所以上酒店，尋求的只是一份陪伴和傾聽，緩解悠悠鄉愁。

阿季永遠記得她與中村先生相遇時的情景，那天，他獨自推門走入，而她站在門口迎客，見是生面孔，笑著招呼：「いらっしゃいませ（歡迎光臨）——」

全身一震，中村盯著她愣了許久，口中喃喃道：「Keiko（惠子）……？」

「什麼？……我是阿季。」以為中村認錯人，阿季自我介紹著，她的本名是季滿如，花名就直接叫阿季，是從上一任媽媽管店時沿用下來的。

察覺自己失態，中村回過神來，笑了笑：「別介意……你們還沒打烊吧？」

「當然……來，這邊請。」

已經站了半天，所有小姐都被點檯，阿季才好不容易等到一個客人，說什麼也不能放過，她立刻領著中村入座，很快就把他上下打量了一番，一身名牌西裝，手上戴著高級鑽錶，皮鞋刷得油油亮亮，知道這是一個有頭有臉的男人，阿季更殷勤了。

「剛才見到我時你說的那個名字，是誰呀？」寒暄過後，阿季好奇地問道。

「那是我太太的名字。抱歉，妳的眼睛……跟她有點像。」中村也沒有隱瞞的意思，坦然回答。

「是喔，她沒跟你一起過來？」

一縷悲傷從中村眼中一閃而逝，沉默了半晌，他才低低開口：「……她五年前去世了。」

「呀，對不起……」

搖了搖頭，中村並不介意，「我才對不起，喝酒應該要開心，不該講這些。」他歉然一笑，自己罰了一杯。

都說有故事的男人最迷人，中村優雅的脆弱，不經意觸動了阿季的心，她安慰著：「沒事，來這兒想說什麼就說什麼，開心不開心的，我都願意聽，以後累了或想家了，就來找我吧。」

中村聽著有些動容，伸出手，輕輕握住了阿季的手。

「那、以後請多指教了。」

那晚之後，中村果然常來報到，每來必點阿季的檯。閒暇時，他們還會相約賞花踏青，儘管孤男寡女私下相處，中村卻從不踰矩，連她的手也沒牽過。小姐當了這麼多年，阿季什麼樣的人沒見過？但中村這種清心寡慾的，她還是第一次碰到，她更加認定，這是個不可多得的好男人，一顆心悄悄開始淪陷了。

縱然已經四十好幾，阿季的戀愛經驗卻相當有限，交往過的男人都是些霧水情緣，很快就一拍兩散。對於幸福，她其實不敢渴望，或者該說，她不相信自己能夠擁有。

之所以缺乏自信，是由於她的家庭背景。阿季家境貧寒，一間不到十坪大的違建鐵皮屋，便是季家三人的容身之處，晚上睡覺時，她只能和老父老母擠在一張用廉價蕾絲做為隔間的榻榻米上，毫無隱私可言。

被疼愛的感覺，阿季從未有過。父母一直盼望著能生出個兒子改善家境，卻只生下了她，他們不願花錢供她讀書，國中畢業後，她就進了工廠當女工。後來工廠倒閉，她找不到工作，只好去酒店應徵，她的薪水大多貢獻給了家裡，但兩老仍不滿意，把對生活的怨氣全都發洩在她身上，不是數落就是嘲諷——

「我怎麼這麼衰，生妳這個沒出息的？」

「別人女兒該嫁的都嫁出去了，只有妳，四十多歲了還賴在家裡，跟個廢人一樣。」

諸如此類的話，阿季習以為常，聽到都沒感覺了，那個百善孝為先的年代，她早就學會了逆來順受。

因為懂得看人臉色，一開始，阿季在店裡業績還是不差的，但隨著年紀漸長，她的人氣也逐漸低落，只有一些上了年紀的舊客會來捧她的場。身為店裡年資最深的小姐，阿季的處境其實相當尷尬，上有慶儀雨儂，下面百合、花子、愛子又一個比一個年輕，她哪裡贏得過人？只能這麼耗著，過一天是一天。

簽大家樂的嗜好，就是這麼養成的，被看低了一輩子，她怎麼不想揚眉吐氣？把一把鈔票甩在父母臉上的畫面，她想像過無數次了，可惜，無論她怎麼賭，下場都是輸，越輸她就越賭，最後反而欠下了大筆賭債。

就在這時，中村出現了，給了阿季一絲尊嚴，也給了她一份希望。或許她的人生可以靠著這個男人從此改變，或許，他就是上天可憐她、特地派來給她的救贖。

然而，慶儀卻將這份希望抹滅了。

＊

那天是週五，中村固定造訪「光」的日子，阿季招呼著某桌客人，卻有些心不在焉，頻頻望向時鐘，又時不時探向門口……中村今天遲到了。

終於，店門被推開，中村走了進來，阿季欣喜，正要上前迎接，卻不料他身後竟還跟著一個人，那是慶儀。

阿季愣愣停下腳步，中村注意到她，滿面春風地走了過來——

「阿季妳說巧不巧，我剛下班時遇到蘇媽媽，才發現她家離我公司這麼近。」

阿季看看中村，又看了看慶儀，心涼了一截。「所以……你們是一起來的？」

「是呀，她剛還帶我去一間很特別的店，老闆也是日本人，我好久沒吃到這麼道地的味道了。」中村說得愉快，沒注意到阿季的異狀。

「是嗎？……這邊坐吧，今天想喝什麼？」阿季強撐著笑容。

望了眼阿季身後的客人，中村委婉拒絕了，「沒關係，妳不是有客人嗎？我跟蘇媽媽剛好聊到一半，妳忙。」

說著，慶儀已經整理好了一桌，朝中村招手示意。中村對著阿季笑了笑，在她錯愕的目光中走向了慶儀。

失落的感覺褪去之後，阿季心中燃起一把怒火。那天下班，她抽著菸在「光」外等著慶儀，見她打烊出來，將菸屁股往地上一扔，劈頭便是一句：「什麼意思啊妳？」

慶儀一頓，隨即明白了阿季的來意，「妳是指中村先生的事嗎？」

「廢話，誰不知道他是我的客人？妳說搶就搶，連聲招呼也不打，媽媽做成這樣，我真是大開眼界了。」

面對阿季的指責，慶儀一派淡定，「他要對妳有心，我怎麼搶也搶不走。」

「妳不要得了便宜還賣乖，我——」

阿季正要發作，卻被慶儀給打斷：「妳知道今天是中村先生生日嗎？」

聞言，阿季頓時怔住了……竟然，她不知道。

「瓊芳媽媽教的妳都沒聽進去嗎？認識這麼久，卻連他生日也不知道，妳當什麼小姐？」慶儀說著，一副教育的口吻：「中村先生為人客氣，很多事不會主動提。比方說吧，他不愛吃海鮮，妳還一直帶他去，人家不好意思拒絕，妳也沒發現？」

「說夠了沒？妳憑什麼訓我？」阿季聽不下去了，明明是她跟中村相熟，哪有慶儀說話的份。

「就憑我是這家店的媽媽桑。」慶儀說得響亮，「之前對妳忍讓，是當妳是前輩，但妳沒能力照顧好客人，就別在我面前興師問罪。」

竟敢抬出身分壓她？阿季簡直氣瘋了，喊住正要走的慶儀：「讓妳媽的，我告訴妳，我從來沒當妳是媽媽桑，別以為妳頂下這家店，所有人就要聽妳的！」

夜的街燈斜照，慶儀駐足回頭，一張臉半罩在陰影下，「這個世界從來都是結果論，贏的人永遠是對的……輸了，妳怪得了誰？」

慶儀說完，從容地轉身離開，將阿季獨留在無垠的夜街，阿季臉色發青，一股恨意油然而生，忍不住朝著她的背影怒吼——「幹！」

阿季對慶儀的不滿，其實從之前瓊芳媽媽的時代就已經開始了。看著當年還是新人的慶儀受到瓊芳百般疼愛，她心裡相當不是滋味。瓊芳退休後，竟又把店頂讓給了慶儀，原本她還能擺擺前輩的姿態，一轉眼卻就屈居人下，阿季更不服氣了。

活到這把歲數，識人的眼光怎麼沒有？阿季眼裡，慶儀就是那種城府深沉的女人，即便表面上再知性優雅，她也能看穿她笑裡藏刀的真面目。

中村卻看不穿，就這麼與慶儀越走越近，望著她的眼神情意綿綿。阿季雖恨得牙癢癢，仍然不曾死心，反正誰不知道慶儀正在跟那個大學生何予恩交往，日子很長，她有的是機會。

直到那個下午，中村約了全店的小姐去打高爾夫球，一片熱鬧間，他卻突然宣布自己將要調回日本的消息。阿季頓時晴天霹靂，她投入的情感、她幻想過的美好未來，難道全要落空了嗎？

＊

她不甘心，再怎麼說，她都得為自己的幸福拚搏一把。

打完高爾夫，中村一個人在休息室裡伸展筋骨，阿季把握機會，笑吟吟地上前關切——

「累了？」

「是啊，人哪，還是不能不服老，呵呵……」中村感嘆一笑。

「哪裡老？你這年紀，才是最有魅力的時候呢。」阿季說著，雙手自然搭上了中村的肩，替他按摩起來，「來，幫你按按。」

「沒關係，不麻煩……」中村客氣婉拒。

不容拒絕地，阿季媚眼看著中村，嗔道：「哎呀，這麼熟了哪裡麻煩？還是你嫌我技術不好？」

中村無奈，只好尷尬笑著領情，阿季一面按著，一面佯裝擔心，「你看你身邊沒個人照顧，這樣回去我怎麼放心？」

「我早就習慣自己照顧自己了。」中村安然回答。

「這種事不用習慣嘛，只要中村先生開口，誰不想跟你走？」阿季有意無意地暗示，一雙手曖昧揉捏著中村，「你肩膀太緊了，剛好我帶著一些放鬆的精油，試試。」

沒等中村回應，阿季便從包裡拿出精油，先抹在自己手上，再輕撫他的肩頸，一路向下……

「這樣會沾到衣服，我先幫你把襯衫脫下來喔。」阿季故作自然地道。

「呃……」中村不太自在，礙於風度又不好說破，一臉為難的當下，阿季已經解開了他胸前的釦子。

這時，慶儀的聲音卻傳來了——「阿季。」

阿季一愣，不知何時，慶儀已經站在休息室門口看著兩人。

「該回去準備開店了。」慶儀神色自若地提醒著。

好不容易的機會，竟就這樣被破壞了。阿季一臉悻悻然，她知道，慶儀絕對是故意的。

＊

夜幕籠罩，又是幾週過去。

砰的一聲，阿季拖著疲倦的身軀，重重關上了違建區的鐵絲圍門，正要返家，眼前卻突然出現一名叼著菸、渾身刺青的流氓，一看便知來者不善。

阿季一嚇，連連後退了幾步，流氓也跟著逼近。

「季滿如？」

對方逼視下，阿季顫抖著點了點頭。她知道他是來討賭債的，趕緊拿出錢包，「我知道我知道，今天剛領薪水，我已經準備好了……」她掏出一個信封，戰戰兢兢地遞了上去。

流氓接過，打開信封數著鈔票，一邊輕蔑罵道：「妳就是犯賤，打給妳不接，一定要追上門來妳才生得出錢。」

阿季默默挨罵，不敢回嘴。

流氓數完，發現金額不對，炯炯瞪向了她，「妳欠的不只這些吧？」

「對不起……剩下的……可以再給我一點時間嗎……？」阿季支支吾吾，渾身仍止不住發抖。

將錢收起，流氓吐了一口菸在她臉上，「妳是不是在跟我開玩笑？」

「拜託……能預支的我都預支了……再逼下去，我也就剩這條命了。」阿季雙手合十，低聲下氣地求饒。

見她窩囊的樣子，流氓嗤笑一聲，「好，我就再給妳一個月，不過別忘了，到時候，就算只剩一條命，我也會要的。」

流氓拍了拍阿季的臉，不留情面地揚長離去，他消失良久之後，阿季才逐漸從驚懼中恢復過來。

月影淒淒，映出了她孤單的身影，她不禁感到絕望，這樣的日子，盡頭究竟在哪裡……？

倏地，一個念頭從阿季腦中閃過……如果她先下手為強、睡了中村先生呢？以她對中村的了解，他不會不負責任，就算嫁不了他，至少也能撈上一筆吧？

走投無路了，阿季立刻挑了一天，早早就上市場買菜，趁中村上班時登門造訪。平日只要中村不在，家裡都由女傭照看，阿季和她打過幾次照面，也算相熟，藉口答應中村要煮幾道菜替他餞別，先來準備，女傭不疑有他，放她進來。

張羅晚餐時，阿季拿出一包褐色粉末，緩緩倒進了鍋子裡。那是她從藥房買來的春藥，好歹是個男人，她就不信中村抵得住誘惑。

八點多，開門聲響，中村下班回來了，見阿季穿著圍裙站在廚房，臉上滿是錯愕。「阿季？妳……怎麼在這？」

帶上最嫵媚的笑容，阿季轉過身來，「Lisa 讓我進來的。上次你不是說喜歡吃我醃的醬菜嗎？我帶了幾罐過來，順便煮了晚餐，想說替你餞別。」

中村覺得被打擾，又不忍拒絕她的好意，「這、怎麼好意思……」

「哎，煮都煮了，別不好意思。」阿季朝鍋內看了一眼，笑道：「差不多了，你先去餐廳等著，菜馬上就來。」

餐桌上擺著豐盛的四菜一湯，中村已經開動，阿季看他吃著，又夾了塊紅燒獅子頭放進他碗裡，「再來一個，這是我的獨門配方，回去可是吃不到的。」

捧場地又咬了一口，中村忽然覺得全身發燙，額頭也沁出了汗水，他納悶，「怎麼……好像有點熱？」

「當然了，現在是夏天嘛。」阿季故作無知，眨著眼笑著。

「……」

理智逐漸褪去，中村的呼吸變得急促，阿季知道藥效發揮了，拿出手帕，輕輕替他擦汗。

「沒關係……」說是這麼說，中村卻連推開她的力氣也沒有了。

「熱的話，襯衫先脫了吧。」

一顆顆地，阿季解開了中村的釦子。中村有些意亂情迷，看著眼前的阿季，一時之間，竟連她是誰也認不清了。

那晚，兩人一面吻著，一面雙雙倒上了床。中村脫去僅存的汗衫，覆上阿季，春色旖旎，兩人纏綿著……

翌日早晨陽光和煦，中村床上，阿季緩緩醒了過來，看向一旁空盪的床鋪，上頭仍有她心愛男人睡過的痕跡。回想昨晚種種，阿季嘴角漾起了幸福的微笑，中村既沒叫醒她、也沒讓她走，這不就表示他承認自己了嗎？

外頭傳來杯盤碰撞的清脆聲響，阿季趕緊起身整好儀容，神清氣爽地來到餐廳，本想以最燦爛的笑容迎向中村，豈知，在餐桌前等著她的卻是慶儀。

怎麼回事？……阿季停下腳步，笑容瞬間僵在了臉上。

「醒了？……喝咖啡嗎？」慶儀正泡著咖啡，看了阿季一眼，氣定神閒。

「妳怎麼——中村先生呢？」阿季震驚地瞪著慶儀，眼前的情況，她完全無法理解。

「去上班了，他說等妳醒來，請我送妳離開。」

又愣了片刻，阿季才勉強擠出幾個字，「但、但昨晚……」

「昨晚的事，他已經跟我道歉了。」

「……道歉？」

「昨晚妳投懷送抱，他一時把持不住，對我，他覺得很抱歉；但我理解，也原諒他了。」慶儀泡完咖啡，拉開椅子坐了下來。她的語氣很輕，像在敘述一件無關痛癢的事般。

阿季見慶儀一副女主人的姿態，火氣上來了，「他愛跟我怎樣就怎樣，為什麼要妳原諒？」

「妳知道他要帶我去日本嗎？」慶儀問得直截了當。

「………」這句話震撼了阿季，她瞪大雙眼，不敢置信。

「中村不久前跟我表白，我也答應他了。今天來，是來幫他整理要寄回去的東西，沒想到遇到了妳……也好，有些事早點說清楚，對大家都好。」慶儀說著，語氣中帶有一絲憐憫。

「妳……開什麼玩笑？」阿季接受不了這個事實，恨恨瞪著慶儀。

「是不是玩笑，妳很快就會知道了。」慶儀淡淡一笑。

＊

慶儀沒說錯，那天確實來得很快。某個營業日，中村突然到訪了，他身後藏著一束玫瑰，在雅雅耳邊低語了幾句。雅雅先是一驚，而後興奮地點了點頭，笑著離去。

遠遠地，阿季望著中村，期盼他會表示些什麼。中村卻完全沒注意到她，一下調整領結、一下順著頭髮，似乎有些緊張，對她而言如此珍貴的那夜，於他卻像從來沒發生過。

不消片刻，雅雅帶著慶儀出來了。慶儀見到中村，有些訝異地問：「怎麼沒跟我說要來？」

眾目睽睽之下，中村獻上了藏在身後的花束，店裡同時響起浪漫的音樂，

燈光也隨之暗了下來。慶儀愣愣接過花束，一雙眼詢問地看著中村，中村一笑，轉向眾人朗聲道──

「在場的各位，不好意思打擾了，今天是我人生中很重要的一天，因為……我要跟這間店的蘇媽媽求婚了，希望你們都能替我做個見證。」

現場揚起歡呼聲，而阿季的心，卻在那一剎那跌到了谷底……

中村拿出準備好的戒盒，緩緩打開，一只兩克拉的鑽戒就這麼映入眾人眼簾。他誠摯望著慶儀，滿臉企盼地問道：「蘇，妳願意嫁給我嗎？」

旁觀者們紛紛鼓譟，慶儀不太好意思地望了眼眾人，又看向中村，最後點了點頭。中村這才鬆了口氣，難掩欣喜地替她戴上鑽戒。

阿季怔怔看著這一幕，眼前的世界，彷彿突然離她很遠、很遠……

打烊後，小姐們都走光了，只有阿季仍坐在休息室裡，悶悶喝著一瓶威士忌。她的力氣像是被抽乾了，哪裡也不想去，反正，她也哪裡都去不了。慶儀走了進來，有些意外阿季還在，卻也沒多說什麼，默默收拾著自己的物品。

醉眼朦朧中，阿季盯著慶儀無名指上的鑽戒，幽幽開口：「那個戒指，本來應該是我的……」

慶儀知道阿季醉了，倒了杯水遞給她，可想而知，阿季並不領情。

「我知道妳要說什麼……阿季妳醉了，快點回家吧。」阿季嘲弄地模仿著慶儀的語氣，嗤然一笑，「在妳眼裡，我是不是很慘、很值得同情？」

「我沒有同情妳的意思。」慶儀無意與她爭執。

她的沉著，讓阿季自覺被羞辱了，「這時候就是要同情我呀，妳是贏家，我只是個可憐的輸家……妳就把同情當成一把刀，一刀刺死我吧，這不是妳最擅長的嗎蘇慶儀？」

阿季越說越激動，將慶儀手中的杯子往地上一撥，哐啷一聲，水杯摔在地上，碎了。

「……妳真的覺得我贏了？」慶儀面無表情，只是冷冷看著阿季。

阿季一愣，不解慶儀話中的意思。自顧自地，慶儀拿起她面前的威士忌，倒了一杯喝著。

「妳覺得一個人在被全世界拋棄之後狼狽地逃走，這就是贏？」慶儀漠然輕撫著無名指上的鑽戒，將它拔下放在桌上，看著阿季說道：「送妳。」

「什麼？」阿季愕然，詫異地盯著慶儀，這女人又在玩什麼把戲？

「妳不是說要同情妳嗎？……這把刀，有沒有刺死妳？」慶儀將鑽戒推到阿季面前，「收下吧，我一點也不稀罕。」

燈光輝映下，鑽戒閃爍著刺眼的光芒，阿季看著心動，但她有自尊，不願在慶儀面前示弱。「……我才不要。」

「真的不要？」慶儀目光晶亮，看穿了她的口是心非。

一時之間，阿季心裡萬般掙扎，有了這顆鑽戒，她就能清償賭債，既然都得不到中村了，拿走它也不為過吧……？

「別裝了，自尊值多少錢？妳會需要它的。」說罷，慶儀起身，將鑽戒擱在桌上，頭也不回離開了。

獨坐良久之後，阿季才伸出顫抖的手，拿起那顆鑽戒，握得緊緊的。她心頭一揪，眼淚控制不住地落了下來，她恨，恨自己如此可悲、如此低賤，但她更恨的是，把她的自尊踐踏在地上的慶儀……

華燈初上

〖影視改編小說〗

章三
王愛蓮

恨一個人，比原諒一個人容易。

中山分局內，文成領銜的小組會議仍進行著，他越想越覺得阿季可疑，吩咐阿達：「去查查阿季最近的動向。」

「收到！」

桌上電話響了，妹妹接了起來，邊聽邊向文成通報：「成哥，外面有人找你，說是蘿絲媽媽要她來的。」

文成一愣，說不定與案情有關，他當機立斷地回應：「把她帶過來。」

來找文成的，是位精明幹練的中年婦女，她說，她是王愛蓮的媽媽，見文成對這名字一頭霧水，她才不太情願地說了愛蓮在「光」的花名——

「在那地方，她叫做愛子。」對於女兒在聲色場所工作，王媽顯然感到羞恥。

這下文成明白了，問道：「妳說，是蘿絲媽媽要妳來的？」

點了點頭，王媽的神色有些焦慮，「她說如果需要幫忙，可以來這裡找你。」

「那、我能幫妳什麼？」

文成詢問下，王媽娓娓道來。原來，愛子已經失蹤好一陣子了，她們最後一次碰面，大約是一個月前。那天王媽收到一袋匿名照片，才得知女兒竟然當起了酒店小姐，氣得立刻搭車北上，兩人爆發了一場衝突。從那之後，愛子便銷聲匿跡，試著找她，卻發現她不但辦了休學、連套房也退租了。

「我跟她爸真的很擔心……她會不會、會不會發生什麼事？」王媽無助地看著文成。

文成蹙眉深思著，把兩件事連在了一起，一個才剛死，另一個就被發現失蹤，這會是巧合嗎？還是……她跟蘇慶儀的命案有關？

每當客人問起：「妳一個好好的女大學生，為什麼要來當酒店小姐？是不是有什麼苦衷？」愛蓮都會嗤之以鼻，大學生怎麼了？酒店小姐又怎麼了？世界上沒有那麼多悲慘的故事，來「光」工作原因很簡單，她想要錢，很多很多錢。

＊

從小，她就是個物質至上的拜金女，總愛翻著日本雜誌，嚮往著那些最流行的鞋包服飾。她也想像那些模特兒一樣，活在人人稱羨的光環之中。所以她一邊讀書，一邊在一家飲料店打工，但即便做得要死要活，賺來的錢也不足以撐起她的物質慾望。

正想著換工作時，店裡接到一筆林森北路的外送，她提著飲料、循著地址來到了「光」。第一次進入酒店，裡頭的一切都令她感到新鮮，看著小姐們光鮮亮麗的樣子，愛蓮不禁有些羨慕。

一名客人注意到她，以為她是新來的小姐，招她過來陪酒。愛蓮本想拒絕，對方卻抽出幾張鈔票，在她面前晃了晃——

「妳喝，這些就是妳的，怎麼樣？」

衝著這句話，愛蓮把客人遞上的酒喝得一乾二淨，拿了鈔票正想脫身，卻被雨儂和慶儀逮住。當時店裡正好有小姐離職，慶儀見她長相甜美又頗有膽識，問她想不想來這裡工作？愛蓮天不怕地不怕，一口便答應了。

她替自己取的花名，叫做愛子，那是她最喜歡的日本模特兒的名字。慶儀沒有錯看愛蓮，儘管年輕，卻相當機伶，很快地就適應了酒場生活。她的一番甜言蜜語，總能逗得客人們心花怒放，來沒多久就闖出了自己的一片天。

白天時，愛蓮仍是個正常的大學生，她不想招人非議，在酒店當小姐的事，同學們幾乎是不知道的。然而，有些事越想避免，就偏偏越會找上門來。她工作數月後的某個夜晚，一群同校的男大學生來到了。

愛蓮正要上前接待，一看其中竟然有熟面孔，表情瞬間變了。那是何予恩，她的同班同學。他反抗著，卻被那群男大生們給架進了店裡，聽起來今天是他的生日。

下意識地，愛蓮快步閃進休息室，隨後到來的百合看見了，問她在躲誰？

愛蓮不承認，百合卻不以為然地撂下一句：「臉皮這麼薄，就不要來當小姐。」

百合的話刺激了愛蓮，是啊，她又沒做錯事，為什麼要躲？她不服輸，深吸了一口氣，直直走向予恩那桌，對正在接待他們的慶儀說：「蘇媽媽，這邊我來就好。」

慶儀點頭離去，予恩看到愛蓮，瞬間呆住了。「……王、王愛蓮？」

「愛子。」愛蓮從容地自我介紹，一面開了桌上的酒，替他們倒上。

男孩們疑惑，開始議論——

「她誰？」

「新聞系的啊……何予恩，她是你們班的吧？」

予恩還來不及回答，另一名同學就打岔了，「對啦我想起來了，之前我跟你上過選修課，你一天到晚蹺課，被當了……」

刻意忽略男孩們的話，愛蓮倒完酒，率先舉杯，「今天的主角不是我，是他——」她朝著予恩一笑，「生日快樂何予恩，我先乾一杯囉。」

豪邁乾杯之後，男孩們仍然沒有放過她的意思。

「原來妳常常不來上課，是因為在這種地方上班？」

「欸同學，在這邊打工很好賺吧？」

愛蓮心裡煩不勝煩，卻維持著假笑，「我都喝完了，你們男生喝酒都這麼扭扭捏捏的嗎？」

「那妳跟我們一個一個喝啊……」一名同學貼近了愛蓮，訕笑著，「喝輸的脫衣服。」說著，他又將愛蓮的酒杯倒滿，遞到她面前。

愛蓮的笑容有些僵了，正要接過，予恩卻忽然一把搶下了酒杯。

「尊重一下自己同學好不好？哪有人這樣逼女生喝酒的啦——王愛蓮……」予恩一頓，改口：「愛子，我幫妳喝。」

語畢，予恩將酒一飲而盡，男孩們接著起鬨嚷嚷：「幹！壽星好帥」、「好有同學愛喔！」、「只是同學愛嗎？」……

嬉鬧聲中，愛蓮怔怔看著予恩。身在酒店，她早就看清了人性，這夜她卻被予恩的挺身而出觸動了。她想，或許這個世界，還存在著所謂的善意。

＊

果不其然，愛蓮當小姐的事逐漸在同學間傳開了，走在校園，她偶爾會接收到一些異樣的目光，她只能裝作不在意，承受著那些閒言閒語。予恩卻和其他人不一樣，不僅沒看不起她，那天之後更是常常找她攀談，還會在她缺課時借她筆記、替她補習功課，時間久了，他們也建立起了微妙的友情。

愛蓮知道，予恩心裡也跟她的那些客人一樣，認為她在酒店上班一定有什麼苦衷，但他從未過問，而是以實際行動來關心她。他就像是夏日清新的草原，跟他在一起，她才終於能夠呼吸新鮮的空氣。

某次期中考前，予恩拖著愛蓮跑到學校圖書館用功，那天他心情似乎很好，臉上始終漾著微笑，跟個傻瓜一樣。

「發生什麼好事了嗎？」愛蓮忍不住好奇。

小心翼翼看了看四周，予恩把頭湊近愛蓮，像要述說什麼祕密似地壓低了聲音，「……我跟慶儀在一起了。」

「什麼？……誰？」愛蓮一時不解，而後瞬間會意過來，瞪大了雙眼，「你說……蘇媽媽？」

「噓——」予恩趕緊要愛蓮噤聲，見她滿臉錯愕，又解釋道：「是我追她的啦……妳知道、就我生日那天啊……那天後來我醉倒在路邊，她好心把我撿回家，然後我們就認識啦……」

予恩有些害臊，卻難掩興奮地說著。他的一張嘴滔滔不絕，愛蓮卻聽不到任何聲音，那一刻她明白了，原來她喜歡何予恩。原來，在她發現自己喜歡上他這天，同時也失戀了。

＊

時光飛逝，轉眼就過了一年，以為自己能放下對予恩的感情，但愛蓮錯了，每當看到他時，她的心裡總會浮現一抹淡淡的心酸。後來她也習慣了，既然逃不掉，那就交給時間吧，遲早，時間都會給她一個答案。

意料之外的某個晚上，予恩竟然獨自造訪了「光」。那次慶生過後，他就再也沒踏進過這裡，愛蓮不免有些意外，上前問他：「喂、你來這裡幹麼？」

「你們開門做生意，我不能來消費嗎？」予恩神情中帶有某種決絕，他逕自走入，目光搜尋著慶儀的身影。

慶儀正在櫃檯忙著，看到予恩，放下手邊的工作上前——

「何予恩，這裡是工作的地方。」她耐著性子說。

一見慶儀，予恩立刻裝出一副大人的模樣，「我知道啊。」他選了個空桌坐下，故意對著愛蓮說：「幫我開一瓶酒。」

「何予恩……」愛蓮遲疑著，慶儀卻下了指令：「愛子，妳去忙，我來處理。」

點點頭，愛蓮又看了予恩一眼，正要離去，予恩卻彷彿與慶儀作對似地叫住了她——

「王愛蓮，我是客人，幫我開。」

情況很明顯，他們一定是吵架了，愛蓮無奈地看著兩人，不想被牽扯進去。

維持著最後的風度，慶儀好言提醒予恩：「我們這裡消費很高，不是小孩子拿來賭氣的。」

這話讓予恩更不爽了，掏出皮夾，抽出一張信用卡，證明似地晃了晃，「幫、我、開。」他命令著愛蓮。

忍無可忍了，慶儀冷冷對愛蓮說：「隨便他吧，愛開就幫他開，待會別醉倒在我們店裡。」說完便不理予恩，掉頭離去了。

予恩果然醉了，打烊後，他就醉在店外的街燈下，控訴著站在他面前的慶儀：「少在那邊給我一堆爛藉口，什麼年紀差太多、我們不適合，妳根本就跟別人搞在一起了……」

正好愛蓮下班出來，聽見了這番對話……是真的嗎？她震驚地看向了慶儀，慶儀沒有發現愛蓮，只是靜靜看著予恩，無動於衷。

「蘇慶儀，不要逼我殺了妳……」予恩牙一咬，恨恨地說道。

慶儀不想聽了，冷冷轉身，把予恩拋在街邊。愛蓮不忍予恩一個人露宿街頭，將他拖上計程車，帶回了自己租住的小套房裡。

夏日的套房黏膩悶熱，愛蓮奮力撐著掛在她身上的予恩，一把將他甩了上床。她打開窗戶，自己先擦了擦汗，才上前替他脫去溼黏的T恤，予恩醉得不省人事，胡亂嘟噥著：「為什麼……蘇慶儀妳到底憑什麼？」

又氣又累，愛蓮把毛巾扔在予恩身上，罵道：「何予恩！我花了多大力氣才把你扛回來，你再給我叫蘇慶儀你——」

忽然，予恩伸手掐住了愛蓮脖子，愛蓮嚇到了，試著撥開他的手——

「你幹麼？……放開，我、我不能呼吸了……」

「我說我會殺了妳……」予恩已經神智不清了，越掐越用力。

愛蓮掙扎著，用盡全身力氣踹開予恩，予恩摔下床，狼狽地哭了出來——

「我知道我對不起妳，但我到底哪裡比不上他？……為什麼妳寧願破壞別人感情，也不跟我在一起？」

氣喘吁吁，愛蓮望著不知是醉是醒的予恩，不耐煩地吼道：「比不上誰啦？說清楚好不好？」

予恩蜷縮在地上，斷斷續續抽泣著，整個人崩潰了。「我就真的比不上江瀚嗎……不管怎麼努力、都沒有用嗎……？」

宛如被潑了桶冷水，愛蓮頓時傻住了。身旁讓她敬重的人不多，慶儀算是其中一個，還以為她淡然沉穩、善良可親……怎麼這麼傻？直到今天她才醒悟，表面上看起來越像天使的人，心裡往往越是藏著魔鬼。

予恩清醒過來時，已經是隔天中午了。他坐了起來，看著書桌前嗑著便當的愛蓮，一臉茫然。

「呃……」他試著回想昨晚的事，好似有些印象，卻又相當模糊。

見予恩醒了，愛蓮將桌上另一個便當遞給了他，若無其事地說：「放心，我沒對你做什麼，昨天我睡在沙發上。」

「不好意思……」予恩尷尬，默默打開便當吃了起來，又突然想到什麼，看向愛蓮的脖子，「對了，妳的脖子……」

「沒事，雖然差一點就有事了。」愛蓮斜睨了予恩一眼，「昨天晚上，你說的是真的嗎？」

吃到一半的筷子頓住了，予恩抬頭看著愛蓮，「……我說了什麼？」

「蘇媽媽跟江瀚哥。」愛蓮點到為止。

予恩愣然，放下手中的便當，確認般又問了一次：「我說了？」

「嗯。」愛蓮點頭。

「天哪，我到底在幹麼……」予恩一副懊悔非常的樣子，又急著說：「妳可以幫我保密嗎？」

「她都這麼對你了，你還幫她保密？」愛蓮覺得荒謬，她知道予恩傻，卻沒想到他這麼傻。

「……」予恩黯然不語。

看不下去他的窩囊，又替他感到不值，愛蓮忿忿地說：「你以為這樣她就會感激你嗎？錯了，我告訴你，她根本一點也不會在乎。」

「不然妳要我怎麼辦？除了接受事實，我還能怎麼辦？」予恩也不高興了，聲音大了起來。

「讓她比你更痛苦。」說得斬釘截鐵，愛蓮定定看著予恩，提示道：「江瀚哥是蘿絲媽媽的男人，她跟蘿絲媽媽是比姊妹更親的朋友，怎麼做還要我教你嗎？」

「我做不到，我不想傷害她。」予恩幾乎是立刻否決了。

「好吧，你就繼續假裝聖人，一個人慢慢痛苦吧。」愛蓮無所謂地說。

這番話，予恩終究是聽進去了。掙扎幾天後，他開始跟蹤慶儀，拍下了她跟江瀚約會的照片，拍是拍了，卻始終寄不出去。他讓愛蓮看了這些照片，自我厭棄地告訴她，他狠不下心，他痛恨這麼沒用的自己。

那張總是晴朗的臉，現在卻蒙上了陰影，愛蓮看著心疼，決定替予恩出一口氣。她私下拿走了照片，想找個適當時機揭發慶儀的真面目。機會來了，雨儂生日那天，她瞥見桌上那個銀箭的紙袋，便趁無人注意，將慶儀偷情的證據摻雜在那疊剛洗好的相片裡。

發現照片不見，予恩立刻找上了愛蓮，質問著她：「妳是不是拿了我的東西？」

「我不知道你在說什麼。」愛蓮張著大眼，無辜地看著予恩。

「明明是妳，為什麼不敢承認？」予恩不吃她這一套，咄咄逼人，「我把妳當朋友，不代表妳可以多管閒事，我跟蘇慶儀的事跟妳一點關係都沒有。」

片刻之後，愛蓮才逐漸收起笑容，反問道：「那、你為什麼不敢承認，你心裡也有很卑鄙的部分？」

「妳在說什麼妳？」

「不然的話，你幹麼去跟蹤蘇媽媽、拍下那些照片？……其實你心裡是希望我幫你公開的吧？這樣你就不用當壞人、不用承擔那份罪惡感了，不是嗎？」

愛蓮眼裡有挑釁的意味。

「……那些照片呢？」予恩隱忍著，握緊了拳頭。

「我讓該看的人看到了。」愛蓮義無反顧地回答。

一愣，予恩有些急了，「誰？妳把照片給誰了？」

「給誰都一樣，只要她能得到教訓就好。」愛蓮說著，臉上有種超乎她年齡的神態，「世界上噁心的人這麼多，我就喜歡看到他們原形畢露的樣子，很爽。」

一陣寒意從予恩心頭竄起，半晌，他才擠出了這句話：「……妳有病。」

愛蓮鄙夷地笑了，沒錯，她是有病，但誰沒有？只是敢不敢承認罷了。

「何予恩，我瞧不起你。」她冷冷地這麼說。

＊

後來，予恩受不了良心譴責，跑去找慶儀道歉，慶儀才終於知道照片是愛蓮放的。

當天結束營業後，愛蓮在休息室整理東西準備下班，慶儀拿著那袋照片走了進來。她沒察覺氣氛不對，應付著打了個招呼：「蘇媽媽再見。」

才要走，慶儀卻喊住了她——「愛子。」

愛蓮止步，以一種「怎麼了嗎？」的眼神看著慶儀。

「妳東西忘了帶走。」慶儀不動聲色，將手中的紙袋交給了她。

疑惑著接過紙袋，愛蓮打開看了一眼，臉色丕變。那天放了照片之後，她就一直觀察著，然而店裡一切如常，雨儂和慶儀間也沒什麼特別的異狀，原來是被慶儀攔截了……

「何予恩都告訴我了。」慶儀先發制人。

「……他說了什麼？」愛蓮防衛地看著慶儀，努力讓自己維持鎮定。

沒有回答，慶儀緩緩打量著愛蓮，彷彿將她看穿了似的，「我知道妳為什麼這麼做。」

「……」愛蓮有些心虛，卻按捺著。

「為了何予恩得罪自己的媽媽，值得嗎？」

「誰說我為了他？我是看不慣。」愛蓮立刻反駁。

慶儀怎麼會信？了然地笑看著她，「我也年輕過，小女生的心思我怎麼不懂？可惜，去攻擊一個男人喜歡的女人，是缺乏自信的行為，這樣是得不到他的。」

「妳怎麼敢說這種話？妳心裡都沒有一點愧疚嗎？」愛蓮見慶儀一副高高在上的姿態，火氣也上來了。

「對誰愧疚？何予恩、還是妳？……妳有什麼資格來跟我興師問罪？」慶儀一臉不以為然。

「算妳運氣好，照片才沒被蘿絲媽媽看到，但妳不要以為——」

「我怎麼了？」出其不意地，雨儂的聲音低低響起，打斷了愛蓮。

愛蓮一愣，轉頭望去，才發現雨儂已經站在門口，冷眼看著自己。

「自己的嫉妒心自己照顧，不要把別人拖下水。」雨儂說罷，看了慶儀一眼，慶儀也看著她，心照不宣。

倏地，愛蓮明白了什麼，看看慶儀又看看雨儂，滿臉錯愕。「……妳看到了？」

「妳說呢？」雨儂不置可否。

「那妳怎麼、怎麼還能……？」對於雨儂的冷靜，愛蓮有些不敢置信。

冷冷一笑，雨儂走向愛蓮，拿過她手裡那袋照片，警告般揮了揮，「我跟蘇慶儀認識一輩子了，妳想挑撥也要看對象。」

事已至此，愛蓮豁出去了，「所以現在要開除我了嗎？」

「妳不打算自己辭職嗎？」雨儂反問。

「如果我說不呢？」愛蓮倨傲地抬起下巴，不想服輸。

沒料到是這種回答，雨儂一時反應不過來，慶儀卻淡淡開口了：「那就隨便妳吧。」她的口吻如往常般溫柔，愛蓮聽著，反倒有些不寒而慄了。

不僅沒趕她走，那天之後，慶儀甚至沒出現在店裡，雨儂是這麼告訴小姐們的：「蘇媽媽身體不舒服，這幾天在家休息。」愛蓮雖然照常工作，心裡卻隱隱不安，有種好像什麼事要發生了的預感……

慶儀不在店裡的某一晚，愛蓮正陪著一名客人載歌載舞，店門卻在這時被推開了，走進來的是王媽。她一臉嚴肅，與「光」熱鬧的氛圍格格不入。

負責接待的花子有些訝異，但來者是客，她禮貌地上前迎接——

「いらっしゃいませ（歡迎光臨），請問——」

王媽看也不看花子一眼，目光憤然盯著臺上的愛蓮。

「我找王愛蓮。」王媽冷冷道。

花子一頓，「妳說……愛子嗎？」

「連花名都有啦？」王媽嗤之以鼻，冷笑了一聲。

與此同時，愛蓮也注意到王媽，僵住了。身旁客人見她不唱了，催促地摸了她的屁股一把。

這一幕落入了王媽眼裡，她直直走向舞臺，沒等愛蓮反應便一把將她扯了下來，她手中的麥克風掉在地上，發出了尖銳的回聲——

客人趕緊撿起麥克風，錯愕地看著王媽，「妳要……」

「走開。」王媽不客氣地推了他一把，愛蓮正要制止，下一秒，她卻被當眾賞了一記耳光。

在場眾人全呆住了，愛蓮狼狽地摀著臉，怒瞪王媽。

「……這就是妳說打工的飲料店？」王媽破口大罵，賞了她耳光的手仍氣憤地顫抖著。

愛蓮還未回答，雨儂便已迅速來到，擋在她面前。「這位小姐，請問妳是？」

「我是王愛蓮的媽媽。」王媽輕慢地宣告自己的身分。

瞬間明白了狀況，顧及全場，雨儂盡可能禮貌地說：「伯母妳好，我們現在還在營業，有什麼事請妳們到外面說，不要影響其他客人。」

「我在教我女兒，妳給我讓開——」王媽無視雨儂的告誡，命令道：「王愛蓮，妳現在馬上跟我回家。」

「我還在上班。」面對盛怒的王媽，愛蓮氣勢也不輸人，一口拒絕。

「妳再給我說一次……」王媽見她竟然理直氣壯，更羞怒了。

「我說、我還在上班，有什麼事等我下班再說。」愛蓮再次聲明立場。

「妳上這什麼班？丟人現眼的，讓人摟腰摸屁股，妳還要不要臉？妳一個好端端的大學生有必要這麼墮落嗎？」王媽罵著，從包裡拿出一疊照片，扔在愛蓮面前。

一張張照片，都是她平時工作的模樣，愛蓮一看，眉頭倏地皺了起來。

「要不是這些照片，我還真不知道妳在做這種噁心的工作，說什麼要獨立、要搬到外面，結果呢？」王媽快氣瘋了，拉起愛蓮的手，想把她拖出店裡，「妳跟我回去，明天就給我辦休學，我跟妳爸已經決定把妳送到美國了——」

某桌客人聽不下去了，抗議道——「喂！要吵去外面吵啦、我不是花錢來看妳這老太婆發瘋的——」

雨儂正要上前安撫，不料王媽惱羞成怒，竟脫下鞋子朝客人方向砸去。不偏不倚，鞋子砸中了客人的頭。

同桌友人立刻起身，吼道：「妳夠了沒啊？」

場面僵持難堪，愛蓮受夠了，用力甩開王媽的手——

「可以不要在這丟臉了嗎？」

「妳丟臉還我丟臉？妳如果現在不回家，就永遠不准給我回來了！」

「不回就不回。」愛蓮也不在乎了，轉頭就往休息室走，頭也不回地將王媽留在原地。

追也不是，留也不是，王媽頓時進退兩難。雨儂沉住氣，將小豪遞來的鞋子交給了她，開口送客：「現在可以請妳離開了嗎？」

搶下了雨儂手上的鞋子，臨走之前，王媽仍不放棄，大聲朝著休息室的方向罵道：「好啊王愛蓮，算我沒生過妳……今天開始，我沒有妳這個骯髒齷齪的女兒！」

一夜風波過去了，「光」打烊後，愛蓮找上雨儂，將那疊照片丟在桌上，憤然問道：「是妳把照片寄給我媽的嗎？」

雨儂正在看帳，冷然瞥了眼那些照片。「我沒有這麼無聊。」

「那就是蘇媽媽囉？」愛蓮又問。

「不論是誰，這都是妳自己要面對的事。我是開酒店，不是開學校。妳爸妳媽你們家吃喝拉撒，跟我一點關係也沒有。」雨儂漠然說道。

「撇得倒是一乾二淨……」愛蓮諷刺地笑了，「好啊，既然不是妳，我就自己找凶手囉。」

「……妳想幹麼？」雨儂警覺地問道。

「為了把我趕走，還真大費周章，連我媽都逼出來了……好個以牙還牙。」愛蓮也不回答，只是自顧自地說了下去。

「王愛蓮——」

「我就做到今天吧。」愛蓮打斷了雨儂，一副走著瞧的樣子，「這世界上哪有什麼好聚好散？既然要散，那大家都別想好過了。」

撂下這番狠話的隔晚，愛蓮便去了慶儀家。她守了一夜，趁慶儀倒垃圾時溜了進去，回房後，慶儀才一開燈，就驚見愛蓮坐在梳妝臺前，一臉陰沉地盯著自己。

「……妳怎麼進來的？」慶儀倒抽了一口氣。

詭譎地笑了笑，愛蓮拿起梳妝臺上的銼刀，低頭修起了指甲。

注意到愛蓮的右頰有些發腫，慶儀直覺不對，警戒地退了幾步，她試著保持鎮定。「妳想幹什麼？」

「是妳對不對？」好半晌後，愛蓮才幽幽開口。雖是問句，她心裡卻相當肯定。

「什麼？」

「那些照片，是妳寄給我媽的。」

慶儀微微一愣，不承認也不否認，只是警告著：「請妳離開我家，不然我要報警了。」

恍若未聞似的，愛蓮繼續修著指甲，一下比一下用力……

「……妳到底想幹麼？」慶儀渾身發毛。

愛蓮抬起頭，晶亮的雙眸瞪著慶儀，她想幹麼？她自己也不知道，這一刻，她只想狠狠、狠狠地教訓慶儀……

章四
黃百合

在最好的時候道別，不是挺帥氣的嗎？

慶儀過世後的第三天，「光」裡眾人都被找來問過話了，案情依然膠著。

「該問的都問了，人人有嫌疑、個個沒證據……」文成翻著筆錄，看著上頭密密麻麻的註記，毫無頭緒。

「不可能是蘿絲媽媽。」阿達如此斷言。

「為什麼？」

「我覺得她不是這種人，而且之前花子跟我說，她跟蘇媽媽從國中開始就是最好的朋友了。」

「就因為是最好的朋友，才更有嫌疑……」文成忖度著。

「成哥，你不會在懷疑蘿絲媽媽吧？」阿達似乎有些意外，「你們交情不是不錯嗎？」

文成白了阿達一眼，訓斥道：「辦案是看交情的嗎？你……愛子找到沒？」

「還沒……跟她媽說的一樣，好像人間蒸發了……」阿達怕被文成責備，趕緊轉移話題，「我覺得她嫌疑很大，店裡那個少爺不是說、她那晚有回去替蘇媽媽錢別嗎？」

還來不及回答，妹妹便拿著兩張紙，急急來向文成回報：「成哥你看這個——」

那是某個監視器翻拍下來的畫面，文成接過看著，妹妹一面補充道：「這是蘇媽媽家對面雜貨店的監視器拍到的。」

畫面雖然模糊，卻隱約可見一對男女的身影。

「這是……百合？」

妹妹點頭，「蘇媽媽過世隔天，他們就去了她家，不知道去做什麼……」

阿達也湊了過來，看著百合身旁的男人，疑惑，「……旁邊那男的是誰？」

三人面面相覷，不知所以……

＊

百合的花名，其實就是她的本名，她姓黃，黃百合。和她一起被監視器拍到的男人名叫亨利，條通牛郎店「Ciao」的男公關，也是她的情人。他們相識在一年多前，百合三十歲那一年。

對百合的父母來說，三十歲已經該是相夫教子的年紀，偏偏這個女兒雖然人長得美，對戀愛卻毫無興趣，人生中連個男朋友也沒交過。

或許是天生反骨吧，即便追求者眾，百合卻一個也看不上眼。在她眼裡，男人愚笨、粗俗又不可靠，都什麼年代了，女人為什麼非得依附著他們才能生存？她就不要讓自己活得那麼卑微。

少了愛情的人生，百合將心力全都投入工作。除了夜裡在酒店上班，白天還在百貨公司的精品櫃位擔任櫃姐，她的業績不錯，很快地就小有積蓄，她享受這種自立自強的感覺。

眼看百合即將邁入三十大關，黃爸黃媽開始急了，一天到晚替她安排相親。她當然不樂意，但兩人不是威逼恐嚇，就是苦苦哀求，軟硬兼施之下，她只能硬著頭皮上陣。

數不清是第十一還十二次了，那天，一間高貴典雅的咖啡廳裡，百合又被黃媽強迫著來相親。坐在她們對面的，正是亨利母子。

「杜太太，這是我家女兒。」黃媽笑吟吟地向杜媽介紹著。

「本人好漂亮，比照片上還漂亮，母女倆果然都是美人。」杜媽也笑著，細細打量百合。

這種客套來客套去的社交話，百合已經聽了不知道多少次，她暗暗翻了個白眼。

「哪裡哪裡，你家公子才是一表人才……怎麼稱呼？」

亨利一笑，大方回應：「杜立亨。你們可以叫我亨利。」

亨利長得很俊，整個人又彬彬有禮，一下就討得了黃媽歡心，百合卻從頭到尾冷著一張臉，正眼也沒瞧他一眼。黃媽在桌下踢了踢她，要她趕緊自我介紹。

不甘不願，百合開口了，像在背稿似地說道：「我黃百合，老大不小二十九歲，沒什麼人生大志，白天在百貨公司當櫃姐，晚上在條通的酒店上班。」

「……酒店？」她一說完，杜媽便愣住了，顯然黃媽沒有事先透露百合的工作。

「對啊妳沒想錯，就是那種陪酒賣笑、亂七八糟的地方。」百合見杜媽一臉錯愕，熱心地補充道。

杜媽責怪地瞥了黃媽一眼，亨利卻眼睛一亮，饒富興味地看著百合，似乎覺得這個女人很有意思。

「妳又講這個幹麼？不是說好不提的嗎？」黃媽惱羞成怒，用力打了一下百合。

「那是妳說的，我又沒說好。」百合直話直說，一點面子也不留。

「我好不容易才幫妳找到這麼好的對象……到底要嚇跑多少人妳才滿意？」

「到妳不再幫我找對象為止。」

「妳……」黃媽還想再罵，但又顧及場面，只好尷尬地對亨利母子笑了笑，

「不好意思、不好意思……」

如百合所願，這場荒謬的鬧劇很快就結束了。離開咖啡廳後，百合獨自在附近的站牌等著公車，心情相當好，突然有人從身後拍了拍她，回頭一看，是亨利。

「嗨。」亨利颯爽地笑著。

「跟來幹麼？」百合的臉色一下子沉了下來，不怎麼友善地說：「我告訴你，我從來都沒有要相親，我是被逼的，別浪費時間了。」

「我知道，我也是。」亨利從容地聳了個肩。

又看了亨利一眼，百合不再搭理。

不介意她的冷淡，亨利又開口了：「妳剛那種做自己的樣子，很酷，這個虛偽的世界，很少人有像妳這樣的勇氣。」他的語氣帶著讚賞。

「客套話就免了吧。」百合不以為然。

「誰跟妳客套？我說這些，是因為我跟妳一樣。」亨利隨興自在地說著。

「哪裡一樣？」

賣關子地笑笑，亨利看了看錶，時間正好。「我也在條通上班，要不要來我工作的地方喝杯酒？當然，我請客。」

亨利所謂的一樣，指的是他少爺的身分。當晚，他把百合帶到了他工作的牛郎店，這裡的客人不是來尋歡作樂的姊妹淘，就是寂寞空虛的單身女子。流行音樂轟隆作響，百合默默喝酒，一邊看著亨利穿梭在女客之間。他似乎很擅長炒熱氣氛，很快就把她們給逗樂了，紛紛在他衣服、口袋裡塞入小鈔。

滿載而歸，亨利笑著回到了百合這桌，一屁股坐下，拿起桌上的酒便往她快空了的杯子裡倒。

「我自己來。」百合不習慣地制止。

「平常都是妳在服務別人，今天就讓我來服務妳吧。」亨利也在自己杯中倒滿了酒，舉杯笑看著她，「一樣被逼著相親，一樣在酒店工作，天底下還有比這更巧的巧合嗎？」

那晚，他們聊了許多，聊到百合醉了，開始對亨利抱怨：「我真受夠這個世界了，大家開口閉口就是愛呀愛的，好像女人一定要結婚生小孩，人生才能完整……我呢，偏偏就想一個人，偏偏就不需要愛，怎麼了嗎？」

「說謊。」一抹促狹的笑容浮現在亨利嘴邊。

「你什麼意思？」百合不悅地瞪向亨利。

「這個世界上，誰不是空虛的？」亨利說著，看進了百合眼裡，像要把她看穿似的，「妳說妳不需要愛，難道不是因為妳害怕嗎？害怕受傷、害怕失去，害怕到頭來什麼都是一場空，所以乾脆先保護好自己、不讓自己需要它？」

「你根本不了解我，憑什麼這麼說？」百合有些被冒犯了。

「憑我也是這種人。」亨利回答得坦白，「但事實是，沒有一個人不需要愛，差別只在於，夠不夠幸運得到想要的愛。」

一時之間，百合無法反駁，她思考著亨利的話。

「妳知道嗎？從見到妳那一刻我就確定了，我跟妳，有一樣的靈魂。」亨利的目光始終直視著百合，像被她吸引住了似的，神情漸漸變得認真。

一股曖昧的氛圍在兩人之間流轉，突然，亨利吻上了她，她整個人傻住了，就這麼任他吻著，無法動彈。這是她的初吻，按理說她會推開他的，但不知道為什麼，她沒有這個想法，反而閉上了雙眼，享受著這個熱烈的吻……

「要不要試著在一起看看？要是覺得我不好，妳可以隨時走人。」一吻過後，亨利這麼提議著，百合沒有拒絕，亨利便當她是答應了。

在一起的時光比想像中美好，亨利體貼入微，懂得營造浪漫。在他帶領下，情竇初開的百合領略了愛情的種種滋味，不知不覺，亨利在她心裡的分量一天天加重了。

某夜激情過後，百合和亨利靠在床頭聊天，聊起了未來的夢想。百合告訴他，等自己存夠了錢，就要買一棟花園洋房，環遊世界。

「……告訴妳一個祕密。」亨利突然說。

「你祕密真多。」

亨利笑了笑，打開床邊的櫃子，從裡頭拿出一小包白粉，亮在百合面前。

「知道這是什麼嗎？」

「什麼？」百合看了一眼，興趣缺缺。

「讓很多人上天堂，也能讓我賺進大把鈔票的東西。」

「你是說……」百合這才會意過來，瞪大雙眼。

「沒錯，就是妳想的那樣。」亨利也不避諱，證實了她的猜測。

「………」百合一時無語。難怪，她就覺得以一個酒店少爺來說，亨利過分有錢了。

「要不要加入我？順利的話，一兩年我們就能環遊世界了。」亨利目光炯炯，邀約著百合。

臉上看不出任何情緒，半晌，百合一口答應了：「好啊。」

她的乾脆令亨利有些意外，再次確認著：「確定嗎？會下地獄喔。」

「我倒想看看地獄長什麼樣子。」百合毫不在乎地說。

這句話取悅了亨利。他笑了，摟住百合，充滿愛意地吻著她……

＊

就這樣，他們開始了一起販毒的日子。亨利先向上線批貨，再交給百合，由她在「光」私下交易。起初百合還有些害怕，但幾次買賣之後，她也駕輕就熟，想到與亨利的美好未來，這點風險根本不算什麼。

然而，不知道是哪個環節出了差錯，某個交易日，文成突然帶著一批警察闖了進來。在場眾人都被突來的情況嚇到，疑惑不安。百合直覺不對，立刻反應過來，趁著沒人注意溜往廁所，打算處理掉藏在身上的白粉。

身為媽媽桑，雨儂立刻站了出來，處變不驚地瞪著文成：「這是什麼意思？」

「我們接到線報，今晚在這有毒品交易，請把鐵門拉下來，所有人進行搜身。」文成公事公辦，一點情面也不留。

「是不是搞錯了？我們店裡從來沒有過這種事。」慶儀也上前關切，表情相當錯愕。百合販毒一事，她們一點也不知情。

「有沒有等一下就知道了。」不等兩人反應，文成便朝著店裡大喊：「麻煩音樂關掉，把燈開到全亮，警察辦案，請大家配合。」

一個手勢下，員警們便湧了上前，客人們搞不清楚狀況，一片驚慌。

店裡一團混亂時，百合已經跑進廁所、鎖上了門。她的手顫抖著，從胸罩裡掏出一包白粉，打開就往馬桶裡倒，邊倒邊注意著門外的聲響。

員警們分成兩隊，一隊搜查眾人，一隊開始搜索店內。文成看了眼一字排開的小姐們，問道：「小姐都在這裡了嗎？」

見百合不在現場，慶儀問小姐們：「百合呢？」

「她好像、去了廁所……」愛子也不太確定，怯怯地回答。

文成一聽，隨即以眼神示意阿達。阿達趕緊追往廁所，果然，門是鎖上的。

「警察搜身喔，麻煩快點出來。」阿達急促地敲門。

廁所裡，百合剛倒完白粉，吞了口口水，故作鎮定地回道：「我大姨媽來，可以等——」話都還沒說完，阿達竟然開始撞門。

眼看躲不掉了，百合立刻將裝白粉的密封袋捲起，塞進自己用過的衛生棉裡。門被撞開前一刻，她已經扳下了沖水把手，白粉隨著水聲消失無蹤。

破門而入後，阿達正好看見百合拉上裙子，一陣尷尬，「呃、對不起……」

「尊重一下女性會死是不是？小姐也有尊嚴好不好？」百合惱怒地瞪著阿達。

檢查完馬桶水箱、又翻了翻垃圾桶，裡頭除了幾團衛生紙，什麼也沒有，阿達有些不好意思，態度也客氣了起來，「麻、麻煩到外面配合搜身。」

百合又瞪了阿達一眼，走出廁所。好險，如果她動作再慢一點，後果就不堪設想了。

人和店都搜遍了，毒品仍然一無所獲，文成不解，難道是自己線報有誤嗎？向眾人道歉過後，他悶悶帶著大隊離去，總歸是虛驚一場，百合終於鬆了口氣。

當晚營業結束後，亨利找來了，在後門等著百合。兩家店相距不遠，他聽說了剛才「光」的騷動，一下班就前來關心。

「你怎麼來了？」見到亨利，百合有些意外。

「說想妳，會不會太假？」亨利一貫迷人的笑容。

沒有調情的心情，百合驚魂未定，急著想向亨利傾吐：「你知道剛剛發生什麼事嗎？我……」

「我知道，我聽說了。」亨利打斷了百合，問道：「那些貨呢？」

「……你只是來關心貨的嗎？」百合的心瞬間一涼，臉色沉了下來。

知道自己說錯話了，亨利立刻否認：「當然不是。」

「你知道我差點就被發現了嗎？一堆條子突然來抄店，要是我被抓了怎麼辦？」百合滿腹委屈，責怪著亨利。

「就是知道妳沒事，我才關心貨的嘛。」亨利趕緊解釋，想把百合摟進懷裡，卻被她一把揮開——

「貨都丟到馬桶，沖掉了。」百合越想越氣，越說就越激動：「一句安慰的話都沒有，一見面就只問我『貨呢？』……在你心裡貨比我還重要嗎？你根本就是在利用我對不對？」

任她發洩說完，亨利才擠出虛弱的微笑，頹然說著：「我以為我把這麼大的祕密攤在妳面前，我跟妳已經不用多說了……但好像、是我太一廂情願了……」

欲言又止，亨利強忍著情緒，摸了摸百合的頭，轉身要走，百合卻拉住了他的衣角——

「誰准你走？」

回頭，對上了百合執著的視線，亨利滿心歉疚，「我不想再讓妳生氣，不想再連累妳，不想再讓妳覺得危險了。」

百合心軟了，氣也消了一半，她試著化解僵局，「抱怨、生氣、吵吵鬧鬧，兩個人在一起不都會這樣嗎？……吵歸吵，吵完了要和好，不可以掉頭就走，你連這個都不懂嗎？」

怔怔看著百合，亨利眼眶紅紅的，自嘲地笑了笑，「……可能因為工作吧，跟人相處，被訓練成一套公式……什麼都要笑笑的，什麼都要無所謂……但對妳，我沒辦法用那套公式。」

聽著他的肺腑之言，百合動容地抱住眼前這個脆弱的男人。「我們好好的，不要吵架了好嗎？我……不會讓你一個人面對的，這件事，我們一起。」她堅定地說著。

窩在百合懷裡，亨利輕輕點頭了。他伸手回抱著她，緊緊的。

之後好一陣子，亨利都沒再提毒品的事。直到風波漸歇，某天百合站櫃時，他突然來百貨公司找她，給了她一個精美的禮盒，打開一看，裡頭竟然裝著兩包白粉。

百合立刻蓋上盒子，不敢置信地瞪著亨利，壓低音量道：「你瘋了？在這裡？」

「最危險的地方，就是最安全的地方，不是嗎？」亨利倒是一派從容。

「那也不用急著跑來……」百合又看了看四周，雖然無人注意，她仍然不安。

「我們店裡的凱文，剛剛被抓了。」亨利這才切入重點。

一愣之後，百合皺起了雙眉。「……你是說、你的上線？」

點點頭，亨利伸手舒開了百合的眉頭，「我怕接下來也會被查，需要避避風頭，世界上除了妳，我沒人能信任了。如果妳怕被牽連，我現在就帶走。」

「知道了，我會好好保管。」明白緣由後，百合當然不肯置身事外，她疑惑問道：「……不過，凱文怎麼突然被抓了？」

倏地，亨利臉上閃過了一抹無邪的笑容，他從實招來：「是我告發他的。」

「……你告發他？」百合更詫異了。

「嗯。我想取代他，自己跟上頭批貨。」

「為什麼？這樣風險不是更大嗎？」

「但利潤也更大。」雙眸一黯，亨利顯然決心十足，「為了我們的將來，我願意賭。」

雖然認為亨利的決定過於冒險，但考量到兩人未來，百合也就不再多說什麼。左思右想後，她把兩包白粉鎖在她櫃上的置物櫃裡，如同亨利所說，大庭廣眾，有時才是最安全的地方。

風平浪靜了幾天，亨利突然一通電話打到櫃上，通知百合今晚有個買客會去找她拿貨，要她裝好五十克交給對方。過往一向都是亨利秤好重量，才把貨交給百合，突如其來的，要她上哪去找地方分裝？她只好在下班之後帶著白粉，早早來到了「光」，拿了店裡的磅秤，一個人躲在廁所裝貨。

百合之後，慶儀是第二個到店裡的。每晚營業前，她都會一一檢查環境，這夜才剛踏進廁所，她就皺起了鼻子，空氣中，瀰漫著一股塑膠燃燒的味道。隱約認得這味道，慶儀想起剛才照面時神色匆匆的百合，又想起不久前文成搜店一事，瞬間連結起了什麼。為了證實臆測，她趁著當晚店裡營業，來到空無一人的休息室裡，拿出備用鑰匙，逕自打開了百合的櫃子。

櫃子裡除了百合的包之外，只有一個禮物盒，慶儀迅速翻了一下包包，毫無異狀。接著，她打開那個禮物盒，看到了裡頭的兩包白粉。果然，跟她猜測的一樣。

整晚，慶儀都暗暗觀察著百合，某個沙發桌位，百合將那包分裝後的白粉夾在擦手毛巾裡，遞給了買客。買客接過毛巾，檢查一眼後便掏出鈔票，光明正大地塞進百合的酒杯裡。百合收起鈔票，完成交易，全然不知一切都被慶儀看在了眼裡。

打烊後，慶儀特地留下百合，在她面前亮出了剛沒收的兩包白粉——

「這是什麼？請妳好好解釋一下。」

一絲驚慌從百合臉上閃過，她立刻壓抑下來，故作不知情地道：「我怎麼會知道？」

「不知道嗎？從妳櫃子拿出來的，剛剛妳跟客人交易，我也看到了。」慶儀逼視著百合，神情相當嚴肅。

「……」承不承認都不是，百合只能回瞪著慶儀。

「只要有我在的一天，我的店裡就不准有這種事情發生。」不帶感情地，慶儀冷冷警告著，「這次我不會揭發妳，不過，下不為例。」

說完，慶儀離開了休息室，連白粉也一併帶走了。

價值數十萬的白粉就這麼落到了慶儀身上，還被她抓到把柄，亨利要是知道，一定會大為光火。一想到這，百合就惴惴不安，她看著慶儀的背影，眼中閃過了一線殺機……

華燈初上

〖影視改編小說〗

章五
李淑華

被喜歡的感覺好好喔。

會議桌上攤滿各式資料，其中一份，是花子的刑事紀錄。原來，她曾因殺人未遂而被判處五年有期徒刑，由於在監期間表現良好，提早了一年假釋出獄。

「她竟然、殺過人……」妹妹看著花子入獄時拍的受刑照，不敢置信。

「因不堪忍受男友長期酒後暴力行為，李姓女子憤而持刀刺向林男，林男腹部大量出血，緊急送醫……」文成複誦著，看向了一旁的阿達，「這事你知道嗎？」

阿達似乎也相當震驚，搖了搖頭。

文成的問題其來有自。那次在「光」搜查毒品未果之後，他不死心，有事沒事就拖著阿達上門，藉著喝酒名義暗中追查線索。結果阿達煞到了淑華，不顧她的小姐身分，大膽展開了追求。

「你跟花子還有聯絡？」文成又問。

「沒。那件事之後，她就不太理我了……」阿達有些沮喪地說。

所謂那件事，發生在幾個月前，一晚下班回家時，花子被某個與她曾有過節的客人強暴了。

自那之後，她不若從前明媚開朗，取而代之的，是種帶著憂愁的強顏歡笑，大概是還沒從陰影中走出來吧，她才會拒人於千里之外。

「……」文成也不知該說什麼，只能安慰地拍拍阿達，「可能、需要一點時間吧。」

「我知道……」阿達擠出了一個笑容，「她是個好女孩，值得得到幸福。」

*

李淑華是花子的名字，如阿達所說，她確實是個好女孩。她來自南部某個務農家庭，父母都是純樸勤奮的老實人，從小她就戴著斗笠在田裡幫忙工作，一家三口其樂融融。

二十五歲那年，一次同學會上，淑華和國中時暗戀的男孩建為重逢。當時的建為已經搬到臺北，在一家餐館工作，正好回來探望父母，便參加了同學會，他們相談甚歡，開始了將近一年的異地戀。後來，建為邀請淑華北上，說是願意照顧她、想與她共築未來。淑華早就期待著這天，抱著對愛情的憧憬，她就這麼告別老家，滿心興奮地上了臺北。

起初，日子過得恬淡滿足，建為出去工作時，她就在家打掃做飯，偶爾接點代工貼補家用。本來她的夢想，就是成為一名家庭主婦，在所愛的男人身後，當著那個默默支持著他的女人。

原以為等建為存夠了錢，他們就能步入婚姻，生個白胖可愛的小孩，但才交往不到一年，建為就逐漸露出了真面目。他有嚴重的酗酒問題，酒後常常打她罵她，酒醒時又往往悔不當初，抱著她道歉求和，淑華心裡雖然難過，但愛都愛了，她願意陪他克服。

情況沒有好轉，反而越來越糟。一次，建為酒後得罪客人，被餐館老闆給開除了，從此他更憤世嫉俗，把辛苦賺來的錢全都拿去買酒，天天喝得爛醉如泥。喝到存款空了，他竟動起腦筋要淑華去賣淫賺錢，淑華怎麼可能願意？但他先用哄的騙的，後來甚至以自殺做為要脅，逼得她不得不從。

每跟別人上床一次，淑華就覺得自己又髒了一些，但她咬牙忍了，她無法丟下建為不管。可當她發現他竟拿著她賺的錢去養別的女人，她再也受不了了，抓起菜刀用力刺向了他。急救後，建為撿回一命，淑華卻因為過失殺人，就這麼進了女子監獄。

＊

她和雨儂，就是在牢裡認識的。一九八一年，雨儂當了少強保人而入獄時，淑華已經待了好一陣子。

還記得那晚，她躺在床上要入睡時，一陣鑰匙聲響起了。雨儂抱著寢具，跟著矯正員走進了她所住的牢房，這是一間四人房，裡頭只有簡陋的馬桶壁櫃，以及兩張貼著兩側牆面的上下鋪。

「0677，這是妳的房間。」簡短告訴雨儂一些須知後，矯正員鎖上門離去了。

淑華被吵醒了，瞇眼看著雨儂，她向另外兩名女獄友點點頭，便要爬上自己上方空著的床。這時，對面下鋪凶神惡煞的女獄友卻開口了：「0677，我幫妳檢查一下寢具。」她是女子監獄裡的老大，平日總是作威作福，大家怕著她，稱她一聲錢姊。

看了錢姊一眼，雨儂遞上寢具。誰知錢姊竟將她的枕頭棉被拿來墊腳，躺下便要睡去，擺明了是在欺負她。

初來乍到，雨儂不想惹事，只好忍耐著走回床位。淑華同情新來的室友，背著錢姊，裝作不小心把自己的枕頭撥下床，默默朝雨儂眨了眨眼。雨儂明白她是在幫忙自己，撿起枕頭，靜靜爬到上鋪。

還以為錢姊沒有發現，翌日休息時間，她卻忽然帶了幾個手下過來，冷冷命令著淑華：「李淑華妳過來。」

淑華心知不妙，又不敢違抗錢姊，正要上前，雨儂卻從上鋪跳了下來，阻止了她——

「妳們要幹麼？」雨儂盯著她們，盡可能客氣地問道。

幾名女獄友互看一眼，輕蔑地笑了。

「新來的，別多管閒事。李淑華違反行規，我們要處理一下。」錢姊身旁的女獄友說。

「什麼行規？」

緩緩走到雨儂面前，錢姊大發慈悲似地回答她的問題：「在這裡，新報到的都要先睡一晚沒有寢具的床板。昨天李淑華故意給妳枕頭，就是違反行規。」

「大家都在坐牢，有必要這樣嗎？」雨儂無畏地質疑錢姊。

錢姊打量著雨儂，見她竟然不怕自己，突然一吼：「妳現在是在囂張什麼？」

突來的吼聲嚇到了淑華，她趕緊拉著雨儂的手，示意雨儂別與錢姊對抗，雨儂卻毫不在乎，一把將她甩開——

「拿這什麼行規來當霸凌藉口，妳們不覺得很蠢嗎？大家只是怕被欺負不想惹事，妳以為誰會管妳這些鳥規定？」

錢姊臉色鐵青，淑華怕把事情鬧大，急著想勸：「做錯事的是我，妳別這樣……」

「進來這裡誰沒做錯事？已經夠辛苦了，還不能互相體諒嗎？……我管妳睡床板地板，我就是不爽妳們的行為，想拿我怎樣？」雨儂的倔脾氣也發作了。

嚥不下這口氣，錢姊上前要揍雨儂，殊不知雨儂從小就會打架，先一步扯住她的頭髮往牆邊拽。錢姊重心不穩，踉蹌倒地，幾名手下正想幫忙，房外卻突然傳來陣陣敲擊欄杆的聲響，原來是其他獄友看到雨儂反抗錢姊，跟著爆發了——「錢姊活該」、「欺人太甚」、「我們忍無可忍了」……

這場騷動驚動了獄監，幾名矯正人員立刻帶著棍子衝上走廊，大喊著：「安靜！不准喧鬧！」

獄方制止下，動亂逐漸平息，從此以後，錢姊也失去了在女子監獄裡的地位。淑華第一次看到有人敢反抗錢姊，佩服得不得了，她把雨儂當成英雄，有事沒事就黏著她，只要在雨儂身邊，她就充滿安全感。

一天夜裡，她們聊著天，雨儂問起了她坐牢的理由，遲疑了一會，淑華還是坦承了。再怎麼說都是殺人未遂，她以為雨儂會看不起她，雨儂卻感慨地道：「原來妳也是愛情的受害者啊。」

「也……妳也是嗎？」淑華不禁好奇。

雨儂點點頭，將少強捲款逃亡、害她入獄一事娓娓道來。淑華聽著，感同身受地紅了眼眶。

「我在講我的事，妳怎麼哭了？」雨儂有些啼笑皆非。

「因為我懂嘛，我懂那種受傷的感覺啊……」淑華吸了吸鼻子，擦去眼淚。

雨儂笑了，淡淡說著：「會在這裡的人，應該多少都受過點傷吧……不過，傷口總有一天會復原，我們都要讓自己好好的。」

「嗯。」淑華握著雨儂的手，點頭如搗蒜。

服刑的日子裡，她們彼此陪伴，成了最知心的獄友。三年後，雨儂先出獄了，臨走之前她跟淑華約定，等她出來那天，一定會來接她。

比想像中還快，幾個月後，淑華得到了假釋的機會。她當然期待出獄，心裡卻一直不安，該怎麼面對接下來的人生？她是不可能回家的了，就算爸媽願意理解，來探望過好多次，她也覺得自己讓他們蒙羞了，但不回去，她又該去哪重新開始？

踏出監獄大門那一刻，淑華有些恍如隔世。陽光下，她注意到一個熟悉的人影——建為正朝著她走來。

倏地一愣，恐懼閃過了淑華的雙眼，「……妳怎麼來了？」

一聲冷笑，建為掀起上衣，露出了腹部明顯的疤痕，邊說：「還記得嗎？就是這刀讓妳放了四年的假，今天妳收假了，我當然要來接妳。」

「……為什麼你不肯放過我？」淑華怯怯退了幾步。

「當然是因為想妳啊，刺我這一刀，妳以為不用彌補的嗎？」

「你走開！」

建為懶得廢話了，抓起淑華手臂就想把她帶走，淑華大力掙脫，包包卻被他給搶了下來。他們拉扯的時候，一輛轎車突然加速衝向建為，建為趕緊閃開，嚇了好大一跳——

「搞什麼啊妳!?」他對著車子破口大罵。

車窗降了下來，淑華看見了駕駛座上的人，那是雨儂。

「上車。」雨儂帥氣地喊道。

驚魂甫定，淑華立刻開門上車，建為也跟著撲了上來。雨儂速度更快，調轉車頭，直直朝他駛了過去，建為來不及跑，整個人摔在地上，快要撞上他的前一刻，雨儂才踩下了煞車。

想不到雨儂竟然如此瘋狂，車上的淑華、輪前的建為都嚇呆了……

推開車門，雨儂來到建為跟前，冷冷俯視著他，「我警告你別再出現了，我闖過一次，就沒在怕第二次的。」撂下狠話後，她將淑華的包搶了回來，上車揚長而去。

車子奔馳在路上，淑華看著雨儂認真開車的側臉，心裡波濤洶湧，這個她視為英雄的女人，又再一次解救了她。

＊

雨儂的義氣不止於此，知道淑華無意回鄉之後，她不僅幫她找了房子，甚至將她帶到了「光」，想引薦她在這工作。淑華感覺得出來，慶儀其實並不樂意，那天面試過後，她一個人坐在休息室外，裡頭低低傳來了慶儀和雨儂的爭論——

「我是認真跟妳說，我覺得她不適合我們店。」慶儀的表情相當為難。

「哪裡？我怎麼不覺得？」挑了挑眉，雨儂持相反意見。

「妳看她身上那件洋裝，是『光』的風格嗎？」慶儀舉了個例子。

「這種小事，訓練一下就好了。」對雨儂來說，這根本不成問題。

聽著，淑華有些自慚形穢，低頭看了看自己的洋裝，這已經是她衣櫃裡最好的一件了……

「訓練一個小姐要花多少時間？何況氣質是訓練得來的嗎？而且……她日文不懂、高爾夫不會，還有美姿美儀，這些都需要成本。」慶儀一一分析著。

「我親自教她總可以了吧？」

「那她賣淫、殺人未遂的事呢？如果傳出去，店裡名聲怎麼辦？」見雨儂執意留下淑華，慶儀這才說出自己最大的隱憂。

雨儂心裡，慶儀不是這麼自私的人，她一時有些訝異，語氣也跟著重了，

「妳也辛苦過，也知道一個女人在這社會生存有多不容易。如果可以，誰會想要賣淫、誰會想要殺人？」

「……」慶儀只是望著雨儂，氣氛有些凝重。

好一會兒，雨儂才緩了緩氣，略帶懇求地說：「她是我在監獄裡最好的朋友，妳就當是幫我、給她個機會好不好？」

一字一句，淑華聽在耳裡，也記在了心裡。上來臺北這些年，第一次有人對她這麼好，她不知道怎麼感謝雨儂，眼裡默默噙著淚水。

慶儀終歸是妥協了，淑華就這麼成了「光」的第六位小姐，她替自己取了花子這個花名，希望從此能夠如花一般盡情綻放。為了報答雨儂，她努力學習、賣力工作，客人們被她笑口常開、熱情洋溢的性格感染，許多人造訪，都會特地指名她的陪伴。

那段羞辱不堪的記憶，漸漸被時光之河沖淡。工作一年之後，她認識了陪文成來查案的阿達。阿達開始約她的時候，她並沒有認真，只想享受一下被人喜歡的感覺，她的過去讓自己覺得並不值得被愛，她沒有再受傷一次的本錢。

儘管淑華一再拒絕，阿達卻打死不退，這份赤誠打動了她。當她開始相信自己能夠擁有幸福時，一場夢魘卻驟然降臨——

那晚「光」生意非常好，桌桌都座無虛席，連吧檯也是滿的。小姐們在桌間來來去去，忙得措手不及。

才剛服務完一桌，喘息的時間也沒有，淑華就趕緊來到了下一桌，兩位客人等候多時，她一來就先自罰一杯——

「不好意思，兩位久等了，我先敬你們一杯。」她賠罪笑笑，喝乾了酒。

兩名男客看上去有些流氓氣，他們一臉微醺，已經喝過了一輪，其中身上刺青那位不客氣地盯著淑華，突然問道：「妳是華華對不對？」

那個名字，是淑華不願提及的過去。她愣了愣，笑容有些不自然。「……什麼華華？我花子。」

上下打量了她一番，另一名男客彪哥下了結論：「就是華華沒錯。妳現在紅了，叫個檯要我們等這麼久喔？」

會這麼叫她的，只有她以前的客人，但她想不起彪哥是誰，只能硬著頭皮繼續招呼：「對不起，今天店裡比較忙，不然我……」

話才說到一半，就被彪哥打斷了，他湊近淑華，嗅了嗅她的髮香，「嗯……

還是一樣這麼香。」

淑華趕緊避開，彪哥卻沒有收斂的意思，「全套價錢還一樣嗎？」

「……什麼？」淑華僵住了，怕被人聽到，不安地瞥了瞥四周，好不容易才換來的嶄新人生，她好希望這個人閉嘴，他卻繼續說了下去——

「你知道嗎？她以前可是那條街上最便宜又大碗的喔。」彪哥輕佻地對刺青男擠了擠眼。

「嗯，是滿大碗的啦……」刺青男盯著淑華豐滿的胸部，不懷好意。

「……要不要吃點水果？我幫你們切一盤過來。」笑容掩蓋不住她的惶恐，淑華想藉口轉檯，卻被彪哥一把拉了回來，跌坐在沙發上。

「都等這麼久了，妳急著走幹麼？」彪哥一臉不悅，近乎命令地道：「等等下班後，我們去開個房間敘敘舊。」邊說，他的手邊摸上了淑華的大腿。

「我聽不懂你在說什麼……」

努力維持著鎮定，淑華想拉開彪哥的手，卻觸怒了他——「媽的，我以前花多少錢在妳身上，妳現在跟我裝傻？」

「彪哥，女生說不要就是要啦！」刺青男詭笑著幫腔。

突然，一杯冰水朝著彪哥臉上潑了過去——

「不好意思，我手滑了……」潑水的人是雨儂，她毫無歉意地笑著，一面對淑華示意，「花子妳快去拿毛巾過來。」

淑華正要起身，彪哥卻羞惱地揪住了她，還來不及反應，一記清脆的巴掌已經揮在了她臉上。

「媽的，吃軟不吃硬，跟以前一樣賤——」

沒等彪哥說完，雨儂就回敬了一巴掌在他臉上，店裡頓時鴉雀無聲。

彪哥傻了，第一次有人敢賞他巴掌，還是個女的。他勃然大怒站了起來，小豪趕緊介入，擋在雨儂身前，場面一觸即發時，阿達的聲音傳來，響亮地貫徹了整間酒店——

「幹什麼！」

正好他來捧淑華的場，看見她被人賞了巴掌，氣得拿出警棍，直直朝著彪哥走來。

「你誰啊？少管閒事！」刺青男作勢要攻擊阿達。

阿達立刻亮出警徽，凜然道：「想襲警喔？要跟我去警局走一趟嗎？」

「操！現在還有條子罩妳呀？」一聽對方是警察，彪哥狠狠瞪了淑華一眼，又不屑地調侃阿達：「怎樣？她床上功夫不錯吧？」

阿達正要發作，不料雨儂動作更快，出手又賞了彪哥第二個、第三個巴掌——

「給我滾出去，這家店永遠不歡迎你們。」她瞪著彪哥，冷冷下了逐客令。

摀著紅腫的臉，彪哥恨不得當場教訓雨儂，但阿達擋在面前，他只能咬牙切齒地說：「……妳放心，這裡不歡迎，那我們一定在別的地方相遇。」

「廢話這麼多，叫你們走還不走？」阿達大聲喝道。

知道情勢不利，刺青男向彪哥使了個眼色，示意他先離開。彪哥只得按捺下來，臨走前，他又睨了淑華一眼，警告的意味濃厚。

兩人一走，阿達立刻上前關心淑華，「有沒有怎麼樣？」

「沒事……可是、他們會不會……」淑華臉也腫了，但她根本不在乎，只怕彪哥沒那麼容易善罷甘休。

「放心，我會派人多在這附近巡邏。」阿達安慰著。

擔心歸擔心，但之後好一陣子，彪哥都沒有消息，生活繁忙，大家也就逐漸淡忘了這件事。誰知道，他的報復還是找上門來了。

下著細雨的某個夜晚，淑華才剛離開「光」，一輛廂型車便在她面前煞住停下，車門開了，刺青男跳了下來，兩名小弟尾隨在後，朝她走來。淑華心知不妙，轉身想回店裡求救，刺青男卻先一步摀住她的嘴巴，把她架了上車。後座等著她的，當然是彪哥，他看著她驚恐的樣子，笑了。「我是不是說過了、我們一定會再相遇？」

黑暗中，他恐怖的笑臉逼近淑華，不顧她拚命掙扎，撕開了她的衣服……無情蹂躪過後，在一個無人街角，他們將衣衫不整的淑華推了下車。她跌坐在路邊，失神了好一會兒，才奮力站了起來，打算去醫院驗傷。

「一閃一閃亮晶晶，滿天都是小星星……」

路上，她哼起了那首〈小星星〉。從小遇到難過的事，她都會唱這首歌，好像這樣就能獲得力量，但今晚無論她怎麼唱，眼前的世界都仍一片黯淡。

到了醫院，淑華才想起打電話給雨儂。當下雨儂就報案了，和文成、阿達一起趕到醫院，把她接回了家。擔心淑華一個人想太多，雨儂要她暫時住下，好好休養再回去上班。

折騰一夜，好不容易才能洗澡，浴室裡，淑華打開了蓮蓬頭，看著嘩啦啦的流水，一股委屈湧上心頭，她克制不住地哭了出來。又怕雨儂聽到擔心，趕緊搗起嘴巴，悶聲痛哭。

雨儂還是發現了，她闖進浴室時，淑華正埋著頭蹲在牆邊哭泣，蓮蓬頭的水花打在她身上，浸溼了她的衣服。

看到雨儂，淑華連忙抹掉眼淚，擠出了一個笑容。「……對不起，我是不是又讓妳擔心了？」

「都什麼時候了，妳還管別人擔不擔心？」二話不說，雨儂心疼地將淑華摟進懷裡，不顧自己也被水打溼了。「我們可是蹲過同一間牢房的交情，妳跟我客氣什麼？」

「我也不知道怎麼了，但我就是動不了，想脫衣服都沒辦法……」

「沒事，我在這裡。」

這個溫暖摟抱，又讓淑華紅了眼眶……「我剛剛真的好怕……我已經拚命掙扎了，但他們力氣太大，我根本就逃不了……」

「他們該死。」安撫著淑華顫抖的背，雨儂恨恨說著。

「可是我好髒喔，怎麼會這麼髒？明明……也不是第一次、應該要沒感覺的……但他們真的好噁心……」一顆顆地，斗大的淚珠從淑華臉上落下。

「來，我幫妳洗，洗完就乾淨了。」雨儂把洗髮精擠在手上，溫柔地替她清洗。

洗著洗著，淑華突然抱緊了雨儂，在她懷裡放聲哭泣——

「為什麼……妳以為能忘掉的，最後都會回過頭來找妳？人生為什麼會這麼、這麼難？」

命運好不公平，明明她就只想要平凡安穩的生活，這一點點希望，怎麼會變得奢侈了呢？

沒過多久，文成和阿達就逮到了彪哥一夥，阿達打斷了他一顆門牙，還是難消心頭之恨。公道是討回來了，但淑華被強暴的事卻在條通傳開，成了街頭巷尾議論的話題，擔心這些閒言閒語在她傷口上灑鹽，雨儂暫時隱瞞了這件事，對她更加悉心照顧。

一天下午，雨儂去和常客應酬，家裡只剩淑華一個。突然門鈴響了，竟然是慶儀來拜訪。

「蘇媽媽，妳怎麼來了？」見到慶儀，淑華有些錯愕，「那個、蘿絲她剛好不在……」

「我知道，我是來看妳的。」慶儀笑笑的，將手中拎著的禮盒遞給了她。

淑華受寵若驚，趕緊招呼慶儀落座，泡了壺茶送上，自己也坐了下來。

「謝謝妳，還特地來看我……」

「怎麼說我也是媽媽，關心店裡小姐是應該的。」

「這段時間給大家添麻煩了，我休息的差不多了，很快就能回去……」淑華不太好意思地說。

慶儀仍微笑著，臉色卻突然變得凝重，「其實我今天來，就是想跟妳討論這件事的。」她從包包裡拿出一個厚信封袋，放在桌上推到了淑華面前。

滿臉困惑，淑華拿起了信封袋，打開一看，裡頭裝著一疊千元鈔票。

「這是……什麼意思？」她呆住了，不解地問慶儀。

緘默半晌，慶儀略帶遺憾地開口了，「妳還不知道吧？妳的事，已經在條通裡傳開了。」

怎麼會這樣？淑華心裡一沉，怔怔看著慶儀……

「這麼說可能對妳有點抱歉，但『光』需要的是開心的氛圍，妳想想，哪個客人會想找一個被強暴過的小姐？要怎麼跟她談笑風生？嗯……憐憫她嗎？也不對吧，大家都是來放鬆的。」慶儀客氣地說著，意在言外。

「意思是……要我離開嗎？」這些話傷到了淑華，她當然明白慶儀的意思。

慶儀沒有明說，卻是默認了。「雨儂一定不會開這個口，所以壞人由我來當。站在我們的立場，店裡生意比什麼都重要，妳也不想連累她吧？」

看著手中的信封袋，淑華一時無法言語，心裡卻覺得被羞辱了。

又瞥了信封袋一眼，慶儀直言道：「這筆錢，是給妳之後打算用的。妳的處境我不是不懂，不過留下來承受的壓力更大，我建議妳換個環境重新開始，這樣對妳、對我們都比較好。」

淑華咬牙不語，握著信封袋的手微微顫抖。她抬頭看著慶儀，四目相顧中，她壓抑著情緒——

「嗯，我知道了。」

章六
蘇慶儀

不需要的關係，就不必繼續糾纏下去。

費了一番功夫，文成才找到慶儀的母親美玉，她和慶儀早就斷了聯繫，人在一間麵館當洗碗工，處境相當落魄。

「所以，你們是從什麼時候開始失去聯絡的？」醫院陽臺上，文成開始了他的訊問。

「從她離開家之後，我們就很少碰面了……最後一次見到，大概是三年前吧。」美玉略略回憶著。

「妳們之間……發生過什麼事嗎？」文成觀察著美玉，剛才認屍時，她一滴眼淚也沒掉，彷彿慶儀只是個陌生人似的。

「……」抿了抿唇，美玉一副不願多談的樣子，「忘了。」

「忘了？」阿達頓時傻眼。

「該忘的事忘了，人會比較好過……」美玉看似有些焦慮，向阿達開口：「可以要根菸嗎？」

阿達詢問地看了文成一眼，文成點頭，他便朝美玉遞上了香菸及打火機，美玉點起菸來，默默抽著，一面喃喃自語：「這個狠心自私的不孝女，竟然就這麼死了，比我還早……」

「……您說，蘇媽媽狠心自私？」文成繼續探問。

「不然呢？怎麼會自己當了媽媽桑，卻丟下我一個人過苦日子？」

「這不是我認識的她。」文成頗為意外地說。

「對啊，蘇媽媽又溫柔又周到，我敢說，這個世界上很少比她更好的人了。」阿達跟著附和。

睨了兩人一眼，美玉略帶嘲諷地笑了——

「我女兒，你們會比我還了解她嗎？」

＊

二十歲前，慶儀一直都是和美玉相依為命的，她不知道她的生父是誰，或許連美玉自己也不清楚吧。自有記憶以來，慶儀就看著她流連在一個又一個男人之間，長則數月，短則幾個星期。後來，美玉終於安定下來，和知名企業家朱文雄交往，成了別人口中的「情婦」，母女倆搬進文雄替她們準備的大房子裡，過起了優渥的生活。

當時，一個女人扶養孩子並不容易，美玉的選擇慶儀理解，她不想成為負擔，一面承受閒言閒語，一面安安分分地念書上學。在師長們心目中，她永遠是那個氣質出眾、品學兼優的好學生，而對慶儀來說，這也是她僅能保有的一點自尊。

對於這個情婦的女兒，文雄算是相當照顧，不僅會給她零用錢，還常在美玉管教她時替她說話。這份仁慈，讓缺乏父愛的慶儀感受到了一絲溫暖。

時光荏苒，隨著慶儀愈加亭亭玉立，文雄看她的眼神，也漸漸起了變化。二十歲那年，這位她口中的「文雄叔叔」，竟在某個酒後夜晚進到她房裡，不顧她的抵抗侵犯了她。更令她傷心的是，美玉對這一切心知肚明，卻因不願失去文雄這個靠山，默許了這場悲劇的發生。

對一個青春女孩來說，這是一輩子的陰影，慶儀咬牙死守著這個祕密，就連雨儂她也不說。以為只要沒人知道，她就永遠清白純潔，直到幾個月後，她才發現自己肚子裡頭已經多了一個生命。

不知所措，慶儀告訴了美玉這個消息，不料她卻大為光火，對著慶儀罵道——

「妳這個忘恩負義的東西，也不想想是誰生妳養妳、把妳拉拔長大？……居然勾引我男人、還懷孕了？」

不顧慶儀哭求，美玉扔下一筆墮胎的錢，將她趕出這個家，要她這輩子再也別想見到文雄。她無處可去，只好來到高雄投靠雨儂，得知實情後，雨儂二話不說便收留了她，要她先待下來再作打算。

慶儀當然決定墮胎，醫生卻告知以她的情況，現在手術對母子倆都有風險，知道胎兒拿不掉後，慶儀終於崩潰了。她還想把書讀完、還有她的人生要過，更大的恐懼是，她不知道怎麼面對這個孩子。

「我什麼都沒有，我要怎麼養他……？」慶儀悲從中來，哭倒在雨儂懷裡。

抱著絕望無助的慶儀，雨儂心疼不已，轉念一想，她和少強已經公證，生活也相對穩定，照顧一個生命應該不成問題。少強支持雨儂的想法，他們決定成為孩子的父母。

這份恩情，慶儀一直感懷在心。生下孩子之後，她不好意思再打擾雨儂，很快地找了工作租了房子，回到臺北開始新的生活。這件事，成了三人之間永遠共同的祕密。

那個孩子正是子維，從他出生那天起，雨儂便將他視如己出，給了他一個美滿的家庭。

或許是命運安排，兜兜轉轉，子維又暫時回到了慶儀身邊。事情發生在他七歲那年，當時少強的公司欠債倒閉，他竟然將大筆債務留給雨儂，丟下母子兩人跑路去了。當了保人的雨儂被依法判了三年徒刑，入監之前，她把子維託還給了慶儀——

「子維先交給妳了，好好跟他相處，好嗎？」她這麼對慶儀說，只有她們兩人懂得這句話的意義。

子維認知裡，從小慶儀就一直以乾媽的身分存在著。雖然相隔兩地不常見面，每每她來訪，總會帶來許多零食玩具，在他小小的心裡，慶儀既溫柔又漂亮，他好喜歡這個乾媽。

同住的日子，剛開始慶儀有些難以適應，她還沒完全走出文雄的陰影。在子維面前，她總是溫暖笑著、關懷備至，然而在她心裡，卻仍與這個孩子保持著一段距離。

畢竟是骨肉之情，子維又那麼乖巧懂事，相處時間久了，反倒是慶儀從他身上得到了救贖。她不禁慶幸，還好，自己當初生下了這個孩子。

本來慶儀在一間小書店工作，薪水剛好夠她養活自己，子維來到之後，她想給他更好的生活，有了另尋他職的念頭。瓊芳媽媽是書店老闆的姊姊，她見慶儀清新脫俗，一直有意將她拉進酒店工作，慶儀總是笑著婉拒，如今為了子維，她願意放下自尊。

慶儀就這麼開始了她的小姐生涯，歡場中，她看遍社會現實，也嘗盡人情冷暖。儘管如此，她卻始終保持著一抹淡淡的微笑，一番歷練後，她已經不是當年那個軟弱無力的女孩了。

＊

酒店工作複雜，每當想喘口氣的時候，慶儀就會在白天跑去圖書館，一待就是一下午。從小到大，書本都是她的慰藉，是一個能夠逃避現實的容身之處。

她和江瀚，就是在圖書館裡認識的。那是一九八四年初冬吧，偶然間，慶儀開始發現，她借的書的歸還卡上，幾乎都有著同一個名字借閱過的紀錄，名字的主人筆跡飛揚，簽下了「江瀚」兩個字。

看來都是有著同樣的文學愛好，慶儀不禁好奇，這位江瀚究竟是個怎樣的人？

她的疑惑不久之後便得到了解答。一日，慶儀正在借書，突然發現借書證不見了，摸遍全身上下都找不著，要放棄時，身後排隊的男人好心向她遞出了自己的借書證——

「要不要先用我的？」

不好意思地道了謝，接過借書證，慶儀驀地一愣，上面的名字，正是江瀚。

他們聊了起來，原來江瀚是中文系畢業的，很早就養成了閱讀的習慣。他告訴慶儀，他想出本自己的書，卻一直苦無機會，只好邊在劇場工作，邊向報社的副刊投稿，可惜，目前為止都還杳無音信。

介紹完自己，江瀚問起了慶儀，遲疑了一會兒，慶儀才說出自己酒店小姐的身分，沒想到江瀚不僅沒看不起她，反而眼睛一亮——

「真的嗎？我……能不能訪問妳？我最近剛好在寫一個短篇，就是跟酒店有關的。」他熱切地問著。

慶儀覺得有趣，答應了這個請求，也開始了這段萍水相逢的友誼。每每在圖書館遇到，他們總是侃侃而談，交換著對文學的心得感想。難得遇到能與自己聊蕭麗紅、鍾曉陽的對象，她的靈魂好像活過來了。

後來，江瀚的短篇被報社採用了，那是他第一次入選。為了感謝慶儀，他特地約了請她吃飯，點了滿滿一桌，幾乎要把稿費給花光了。慶儀連忙阻止，然而江瀚卻說：「錢本來就是用來買開心的，生不帶來死不帶走，留著做什麼？」

這份灑脫，慶儀多羨慕啊。明明生活並不富裕，江瀚卻毫不在意，照樣活在當下，享受人生，看著他神采飛揚的樣子，慶儀知道，她喜歡上這個人了。

第一次真正對一個男人動心，她反而怕了。她的過去太不堪，無法不自慚形穢。人有時候很奇怪，越喜歡的東西，就越不敢觸碰，對江瀚的心意，她始終沒說出口。

可是，江瀚卻和雨儂在一起了——偏偏是她最好的朋友。看著他們甜蜜恩愛，慶儀表面上笑著祝福，但她心裡好氣自己，氣自己的膽小、氣自己的懦弱，如果她早點鼓起勇氣，結果是不是就不一樣了？

他們在一起多久，慶儀就壓抑了多久。中間她當然也交往過幾個對象，包括予恩。她對予恩是真心實意的，但江瀚在她心裡那個位置，誰也無法替代。

後來慶儀想通了，讓他待在那兒又何妨？將他留在心上，一輩子記著掛著，也是一種悲涼的美。所以即便江瀚和雨儂分手，她也沒有非分之想，直到那夜他來到了「光」……

江瀚到的時候，店已經快打烊了。慶儀只好讓其他人先下班，自己留下招呼。江瀚是來還錢的，他還欠雨儂一些錢，但那幾天雨儂心情不好請假在家，他便請慶儀代為轉交，來都來了，他也不急著走，點了瓶威士忌喝了起來。

「我是不是一個很差勁的人？」幾杯下肚後，江瀚突然這麼問。

陪坐在一旁，慶儀選擇了沉默，這不是她該評論的事。

「妳可以老實說。」

「你是。」

江瀚笑了，說了下去：「能選擇的話，誰不想當好人？但有些事妳就是控制不了……我真的愛過她，妳相信我，很愛很愛的那種。她身上有種我從沒見過的生命力，很野的、誰也管不住的、很抓人的……」

「跟我講這些幹麼？需要我替你說好話嗎？」

「不用、不用說，我只想跟妳聊聊天……世界上哪有什麼不變的事對不對？無時無刻，人的狀態都在改變，特別是愛上一個人之後……」江瀚已有幾分醉意，他說著，一隻手搭上了慶儀的手。

慶儀一凜，迅速把手抽開，起身。「你真的喝太多了，我幫你叫車。」

「不用不用不用麻煩，我把這瓶喝完，寄酒太麻煩了。」江瀚想把剩下的酒喝完，一不小心卻打翻了公杯，酒潑了他一身，他呆住了。

無奈嘆了口氣，慶儀拿起一旁的溼毛巾替他擦拭，動作優雅俐落。江瀚愣看著她，突然喊道：「蘇慶儀……」

瞥了他一眼，慶儀並不回應，江瀚接著又問：「妳喜歡人家叫妳蘇慶儀，還是蘇？」

「有差別嗎？」她不解這個問題。

「有。我是先認識蘇慶儀，才認識蘇的……認識蘇，才認識蘿絲的……」

「……」

空氣中瀰漫著一股異樣情愫，他們望著彼此，出乎意料地，江瀚忽然湊上前吻了慶儀。慶儀一愣，反射性地推開他、揮了他一巴掌，啪的清脆一響，江瀚有些醒了。

口紅被他吻得暈到脣外，慶儀緩緩伸手抹去，為什麼要來撩撥她，還是在這種時候？她心亂如麻，又不想被江瀚發現，拿起桌上的酒一飲而盡，放下杯子那一剎那，她的眼淚跟著落下。

「蘇慶儀，妳就別裝了吧，妳不是喜歡我嗎？」江瀚定定看著她，目光深沉。

眼中閃過了一絲波動，慶儀迴避地轉開頭去，她努力守著最後的分際，頭腦卻已漸漸無法思考……

「我一直都知道。」江瀚說完，再次用力吻上了她。

這次，慶儀沒有拒絕，她豁出去了，回應著江瀚的吻，沉潛多年的情感一次爆發，激烈又深刻……

＊

事後，他們沒有詢問，沒有交代，也沒有承諾，卻自然而然地開始來往。跟一般情侶一樣，他們也會談情說笑、約會上床，但慶儀心裡知道，江瀚只是一時寂寞，沒有認真的打算，可她願意賭。就像他說的，人無時無刻都在改變，他們的關係亦是如此。

很有默契地，他們之間幾乎不提雨儂。但一次溫存過後，江瀚可能是好奇吧，突然笑笑地問：「妳每天都要跟她見面，心裡會不會不平衡？」

「怎樣才算是平衡？」慶儀這麼反問。與他人的平衡？還是與自己的平衡？兩者之間，可惜往往衝突。對雨儂她當然有愧疚，但那是情感上的，理智上，她自覺沒做錯事。如果愛情有個先來後到，她才是先到的那個，何況他們已經分手了。她知道這麼想很自私，就讓她自私一次吧，這一生，她從未確實擁有過什麼，至少江瀚她不想錯過。

和江瀚相處的每一刻，慶儀都拿捏著分寸，她了解這個男人，他就像一艘沒有錨的船，漂泊不定，所以她給他自由，給他空間，他的那些紅粉知己，儘管心裡在意，她卻從不過問。但雨儂生日那夜，看著他們在自己面前調情，她的醋意還是忍不住了，當晚就把江瀚推倒在床上，亟欲占有地吻著他。

然而那天之後，江瀚卻突然失去了聯絡。慶儀盼望了一兩個星期，他才終於現身，來到她家裡，一派自然地問道——

「我那件西裝呢？」

「幫你縫好了，吊在我房間衣櫥上。」見到江瀚，她一顆懸浮的心才安定下來，走進廚房替他倒了杯水。

半晌，江瀚便勾著西裝走出，直接來到玄關穿鞋，招呼也沒打一聲。

「你要走了？」慶儀剛從廚房出來，見江瀚已要離開，微微一愣。

「嗯。」

今天的江瀚頗不對勁，雖然從容依舊，卻有種冷冷淡淡的距離，慶儀看著他，隱約明白了什麼，試探地問道：「是『暫時』，還是『永遠』？」

「妳說呢？」江瀚穿好鞋子，抬頭回望著她，意思已經非常明顯。

霎時，慶儀腦中一片空白，她強裝著鎮定：「所以結束了……比我想得還快。」

「也不算有開始，哪裡來的結束？」江瀚回答得淡然。

恍然看著江瀚，一時之間，慶儀竟不知該作何反應。江瀚端詳著她的表情，突然「不會吧」地笑了。

「我是不是讓妳誤會什麼了？」

「……什麼？」

「我跟妳，不就只是安慰彼此寂寞的人嗎？」

是，她知道，但她以為自己能以這樣的方式待在他身邊，長長久久……

「這我當然知道，你是什麼樣的人，我心裡會沒有底嗎？」擠出了笑容，她維持著她的尊嚴。

「那就最好不過了。」說完，江瀚轉身要走，慶儀卻喊住了他──「等等。」

江瀚停下腳步，回頭。

「好聚好散沒問題，但好歹彼此陪伴了一段時間，我可以好奇要個理由嗎？」

想了想，江瀚決定給她一個乾脆，「我以為妳夠聰明，知道我們之間的界線。不過後來我發現，妳也跟其他女人一樣，妳也有嫉妒心、占有慾，而這樣的關係，不是我想要的。」

聽著他這番話，慶儀表面上風平浪靜，內心卻已經波濤洶湧。果然，那天她就不該失控的，是她沉不住氣。

彷彿看穿了她的心思，江瀚又說：「妳沒有錯，是我的問題，這輩子我是定不下來的……」他頓了頓，實話實說：「如果、我是說如果，真的非得和誰定下來，那個人也會是羅雨儂。」

一點餘地也不留，江瀚就這麼走了。慶儀一個人站在流理檯前，倒掉了他喝也沒喝的水，她眼神空洞，啪一聲捏碎了手中的水杯，玻璃碎片扎了她滿手，落進水槽裡，發出清脆的聲響。

血汨汨地湧了出來，怵目驚心，慶儀卻感覺不到痛似的，緩緩抬起了手，欣賞著自己的鮮血。忽然一股衝動，她拿起一片碎玻璃，狠狠往手腕劃了下去——

反正她什麼都沒了，為了江瀚，她甚至放棄了和雨儂的友情。那天她們決裂的時候，她還說得振振有詞——「我終於跟我喜歡的人在一起了，妳就不能祝福我，像我當初祝福妳一樣嗎？」結果才沒過多久，她就被江瀚甩了，雨儂一定會笑她吧，那也無所謂，這些事很快就要與她無關了……

坐倒在流理檯邊，意識渙散之際，慶儀隱約聽到有人正按著門鈴。但她不管了、也沒力氣管了，輕輕閉上了雙眼。

按鈴的人是子維，他見無人應答，拿起地毯下的備份鑰匙，開門而入，屋裡燈是亮的，他疑惑地喊道——

「乾媽？乾媽妳在家嗎？我帶了妳愛吃的……」子維來到廚房，看見倒在血泊中的慶儀，整個人愣住了。

聽到呼喚，慶儀吃力地睜開雙眼，子維的輪廓模模糊糊，映入了她的眼中，她虛弱地動了動嘴唇：「子維……」

子維馬上就反應過來，叫了救護車。車上，他陪在慶儀身旁，緊握著她的手，又焦急又難過，「乾媽，妳到底怎麼了……」

「我欠你的、太多了……」恍惚中慶儀說著，她的臉色蒼白，已然快要失去意識。

「繼續跟她說話，別讓她暈過去。」一旁的醫護人員連忙說道。

「乾媽，妳醒醒，跟我說說話……」子維立刻提高了音量。

緩緩吸了口氣，慶儀悠悠問道：「……你今天、怎麼會來……？」

「妳很久沒來家裡了，剛剛放學，我看到路邊在賣妳愛吃的章魚燒，想說買來跟妳一起吃，結果……」子維說不下去了。

「子維……萬一我就這麼走了，你還是要好好長大……知道嗎？」慶儀臉上揚起了一抹淡淡微笑，能在生命最後一刻見到子維，她已經沒有遺憾。

「不要再亂講話了，妳不會有事的……有我在，我不會讓妳有事的。」子維忍住了眼淚，堅定地告訴她。

怔怔看著子維，慶儀搖頭苦笑，眼淚卻無端流了下來……是啊，她還有子維，她怎麼會忘了呢？

「還好有你……還好這個世界上，我還有你……」

＊

醒過來時，慶儀已經脫離險境。說來諷刺，當初無意生下的孩子，如今卻救了她的性命，在她命懸一線的時候，子維擔憂的神情觸動了她。原來世界上還有個人，發自內心在乎自己，原來她的存在，並不如她以為的毫無意義。想到這裡，她似乎湧現了活下去的勇氣。

她住院的期間，江瀚竟然來了，還以為他終於有點良心，他卻挑明了說，是雨儂要他來的。聞言，一股怒火從慶儀心底竄起，未免也太瞧不起人了，朋友這麼多年，羅雨儂怎麼會覺得她需要這種同情？還是她想藉此宣告，自己永遠高她一籌？

鬼門關前走了一遭，慶儀的思想也跟著變了。既然他們無情，那麼也別怪她狠心，她不會再卑微地活著，她要所有對不起她的人，都付出代價。

出院之後，慶儀在家休養了幾天，當她思量著未來時，中村前來探望了——

「我去了店裡，聽說妳身體不太舒服，就想說……來看看妳。」他當然不知道原委，以為慶儀生病了，帶來了雞湯補品，殷殷關切。

「小感冒而已，還讓你特地跑一趟，太不好意思了。」慶儀順著中村的話，泡了壺茶，招呼他落坐。

「是我唐突，一聽到妳不舒服，就急著想來看看，希望沒打擾到妳休息。」

「當然沒有。」她笑笑，將茶杯放在桌上。一不留意，手腕上的傷痕便露了出來，袒露在中村面前。

都是一愣，中村的目光落在慶儀手上，他知道那道傷意味著什麼。

若無其事收回了手，慶儀重新將傷痕藏起，在中村對面坐下，「再過不久就要回去了，東西都打包好了嗎？」她狀似隨意地問。

見她沒有解釋的意思，中村也不多問，淡淡回答：「陸陸續續在整理了，只是有些事，還沒塵埃落定。」

「喔？哪些事？」

看了慶儀一眼，中村打開裝雞湯的提鍋，替她盛了一碗，一面說道：「當初來臺灣的時候，我一個人，還真是挺寂寞的。陌生的環境、陌生的人，失去跟家鄉的連結，有時候，你甚至會忘了自己是誰……」

默默地，慶儀聽著，中村又說了下去：「所以我去了『光』，然後遇到了妳。也不知道為什麼，和妳相處時，我總是覺得舒心自在，好像我說什麼妳都懂……」

聽到這裡，慶儀隱約明白了他這番話的用意，中村將盛好的雞湯吹涼，擱在慶儀面前，對她笑了笑。

「妳知道，我這把年紀了，已經不追求什麼轟轟烈烈，只嚮往一份細水長流的陪伴……」說著，他有意無意望向了慶儀的手腕，「人生嘛，誰沒有些大大小小的傷痕？我不介意妳的過去，如果妳願意，是不是能考慮看看，成為那個陪伴我的人？」

要是之前的她，肯定不會答應，但現在很多事都不一樣了。慶儀猶豫著，她能想像和中村在一起的人生，恬恬淡淡、安安穩穩，那又何嘗不是一種幸福？中村也不催促，溫柔卻堅定地看著她、等待著她的回答，慶儀被他眼裡那份真摯給感動了，淚水悄悄浮了上來。

中村的表白來得正是時候，這個地方，她反正是待不下去了，她決定跟著中村離開。但在臨走之前，她要連子維也一起帶走，過去對他的所有虧欠，她想用往後的一生好好彌補。

該怎麼告訴子維呢？都瞞了十多年，他一定很難接受這個事實，也未必會願意離開雨儂。左思右想，一個計畫在慶儀心裡逐漸成形，正好再過不久就是子維生日，她提筆寫起了給他的信——

子維，你收到信的時候，我人已經在日本了，雖然距離遙遠，但祝福的心意一點也不少……十四歲，已經不是個孩子，是可以聽實話的年紀了，有件事，乾媽放在心裡很多年，現在是時候告訴你了……

沒想到，這封信還來不及寄到子維手上，她的生命就迎來了真正的終點……

章七
江翰

我在每段感情的當下都是認真的。

夕陽西下，文成嘴邊銜著根菸，佇立在一家歐式咖啡廳外。透過玻璃窗，他灼灼觀察著裡頭的一個身影，那是江瀚。他一身服務生裝束，清理著客人剛用完餐的桌面，絲毫沒注意到窗外文成的目光。

換上便服走出咖啡廳時，天已經完全黑了。江瀚疲憊地揉了揉太陽穴，正要離開，文成卻一步上前，擋住了他的去路。江瀚微微一愣，看著文成，這張臉似乎有些熟悉，一時卻又想不起來在哪兒見過。

文成亮出警徽，咧出一個公式化的笑容，率先開口了：「江先生你好，我是中山分局刑警潘文成，負責偵辦蘇慶儀命案，我們之前應該在『光』見過。」

盯著文成，江瀚不覺有些警戒，「……有什麼我可以幫忙的嗎？」

「也沒什麼大事，只是想請問一下你和蘇媽媽、還有蘿絲媽媽之間的關係。」文成說得輕輕鬆鬆。

「什麼叫我們之間的關係？」

「看樣子你還不知道……這是今天剛出刊的《第一線雜誌》，有人爆料你們在感情上、好像有一些糾紛？」文成說著，從懷中掏出捲起的雜誌，遞給江瀚。

雜誌封面是穿著清涼的性感女郎，其下一行標題聳動地寫著——「姊妹為愛鬩牆？條通媽媽桑命案，凶手疑是合夥人」。江瀚頓時呆住了，立刻翻開內頁，報導上印著模擬的人影示意圖，上面列著幾個關鍵字——「蘇女」、「羅女」、「江君」等，很明顯，指的就是他們三人之間的愛恨情仇。

「報導寫得是有點低俗啦，但應該還是有點參考價值，你覺得呢？」

沉默半晌，江瀚把雜誌還給文成，露出一抹不以為然的笑容，「這種三流雜誌我不予置評，不好意思我還有事，先走了。」

再次攔下了他，文成隨即又從口袋裡拿出一封信，「抱歉，職責所在，麻煩你再看看這個。」

接過了信，江瀚打開一看，那是他寫給女明星蕭婉柔的情書複印。

「……為什麼、你會拿到這個？」他的神情瞬間變得錯愕。

「看到報導之後，我去了電視臺一趟，這是你連續劇的製作人拿給我的。他說因為這封信，你得罪了蕭小姐的男朋友，不得不辭職了。」

「………」

「透過公開你們的地下情讓你身敗名裂，寄這封信的人一定很恨你吧。」文成語帶玄機。

「你想說什麼？」江瀚按兵不動，等著文成掀出底牌。

「我查過信的郵戳，那個編碼，是距離蘇媽媽家最近的郵局。」文成的視線一刻也沒離開過江瀚，彷彿想看穿他眼中最深層的、不可告人的祕密。

兩個男人對峙著，有種隱隱的火藥味。半晌，江瀚饒富興味地笑了，他明白文成話裡的意思。

「潘警官，講這麼多，你該不會想問，是不是我殺了蘇慶儀吧？」

＊

江瀚早就知道，那封情書是慶儀寄的。寫下它的時間，正好是他們來往頻繁的期間，他還記得自己把信放在西裝口袋裡，偏偏那件西裝袖口破了，慶儀表示要幫他縫，他沒想太多便留下了西裝，不料卻被她發現了信件。

準備離開臺灣前，慶儀將情書影印了好多份，寄給電視臺、也寄給了江瀚。如同文成所說，她的目的自然是報復，報復他的絕情。

其實江瀚也不是真的絕情，但他是個靠感覺的人，感覺來了就來，走了就走，往往都在一瞬間。別人眼中，他就是個無法安定的風流浪子，而他反倒不解，為何大家總把愛情與忠貞畫上等號？那種約束，完全抹殺了幸福最真實的模樣不是嗎？

與慶儀相識多年，他對她一直沒有那種男女之間的火花。當然他欣賞她，也真心把她當成朋友，直到那晚去「光」還錢，她陪著自己喝到午夜，可能是酒精作祟，也可能是當時的他太空虛、急著找些什麼來填補，總之，事情就這樣發生了。
以為慶儀知道進退，也足夠了解自己——她一直表現得如此，所以開始這段關係時，江瀚一點壓力也沒有。沒有承諾，沒有責任，有的只是各取所需。開始對慶儀卻步，是在雨儂的生日派對之後。當晚慶生結束，慶儀便約了他去旅館，房裡，她一面解開自己衣服，一面將他推倒在床上，態度異常主動，彷彿在宣洩著什麼似的。
隔日醒來，慶儀已經恢復平日神態，優雅地吃著早餐，彷彿昨晚的狂野只是一場幻覺。端詳著眼前的她，江瀚若有所思，不禁問道：「現在在我面前的，是哪一個蘇慶儀？」
「不就只有一個嗎？」慶儀不解地看著江瀚。
「昨晚的妳很不一樣，突然約我來這，是怎麼了？」
頓了頓，慶儀一臉若無其事，「那你呢？昨晚為什麼突然來『光』？」
「不是說了嗎？剛好跟峰哥他們開完會，推不掉。」
「為什麼不直接跟他們說你跟雨儂已經結束了？」慶儀脫口問道。
江瀚一怔，心裡有些不舒暢了。他做什麼從來就不喜歡向人交代，特別是跟一個女人，他雲淡風輕地聳了個肩，清楚自己和慶儀的緣分差不多了。

再聰明的女人，果然還是敵不過那原始的占有慾。她要得太多，他只能撤退，退得乾脆俐落一點，對彼此都好。所以他快刀斬亂麻，希望慶儀早點死心，沒想到她竟然因此輕生，更沒想到雨儂竟會因此找來——

「她沒死，現在在醫院，你不覺得你該表示些什麼嗎？」站在江瀚家門外，雨儂一臉嚴肅。

得知慶儀尋短，江瀚心情其實相當沉重，卻又刻意殘忍，有些戲謔地問道：「表示什麼……妳來找我，總不會是希望我回去跟她在一起吧？」

「……」雨儂沒有回答，意思卻不言而喻。

「妳憑什麼？憑妳是她的好姊妹，還是……」江瀚話沒說完，就被雨儂打斷了——

「憑我還愛著你。」

聽到這句話，他完全愣住了。

「我不知道要花多少時間才能不愛你，也許不恨你的那天起我就不愛你了……」雨儂痛苦地說了下去，她鮮少在江瀚面前示弱，此刻卻語帶哀求，「算我求你可以嗎？你已經傷害了我，可以不要這樣對她嗎……？」

望著強忍淚水的雨儂，江瀚心頭一揪，這個要求他沒辦法答應，唯一能做的，就是去醫院探望慶儀。他到的時候，慶儀正準備出院，見他來了，心裡難免燃起一絲期待，卻又壓抑著情緒冷冷問道：「你來幹麼？」

「羅雨儂昨天來找我了，她要我做的事我做不到，但又覺得，好像應該來看妳一下。」江瀚不想說謊，如實道來。

他的誠實，粉碎了慶儀最後的期待，她的神情變得決然，「真狠，終究得她去跟你說，你才會來……」說著，她忽然訕笑起來，笑得江瀚心裡發涼。

從那之後，江瀚就再也沒見過慶儀。直到颱風那晚，他收到自己寫給蕭婉柔的情書，不用說也知道是誰寄的，這行為踩到了他的界線。他知道今晚是慶儀在「光」的最後一夜，不顧外頭風雨，招了輛計程車便忿忿前去與她對質。

「光」的燈還亮著，裡頭卻一個人也沒有。江瀚正疑惑時，忽然聽到後門傳來一陣聲響，上前查看，只見慶儀撐著傘，將一袋垃圾拖到了後巷，那些是她剛從置物櫃裡清出的雜物。

慶儀注意到江瀚，先是一愣，接著擠出了一個虛偽的笑容，「颱風這麼大，怎麼跑來了？」

繃著臉，江瀚從口袋裡拿出那封情書，質問地看著慶儀，「影印這個寄給我，什麼意思？」

瞥了情書一眼，慶儀沒有直接回答，只是揶揄地道：「這情書寫得真好，好到我都羨慕蕭婉柔了。」

「妳想怎樣就直說吧。」江瀚滿臉不耐，現在的他一點閒扯的心情也沒有。

收起笑容，慶儀換上了冷酷的面目，「我記得你說過創作是你的生命，所以我想知道，這封信會產生怎樣的效應……它足以毀了你的一切嗎？」說著，她探詢地挑了挑眉。

大雨中，兩人冷眼瞪著彼此，江瀚按捺著滿腔怒火，沙啞地問道：「妳是在威脅我？」

「不是威脅，是預告，這封情書，我已經寄到電視臺了。」

「什麼？」雙眸驀地暴睜，江瀚簡直不敢置信。

欣賞著他憤怒的表情，慶儀滿意地笑了，「原來這就是你『失去』的樣子，我總算見識到了。」

頓時，江瀚失去了理智，狠狠把慶儀壓在牆上，力道之大，讓她的傘直直飛了出去——

「妳就這麼不想活嗎？」他低聲吼道。

毫不畏懼地，慶儀迎視著江瀚，忽然將唇瓣貼上了他的雙唇，用盡氣力般地狂吻著他。暴雨持續落下，澆在兩人身上，吻著吻著，她竟心碎地哭了出來——

「那就殺了我吧……江瀚，你殺了我吧。」慶儀淒然說著。

江瀚望著慶儀，眼裡冷得像冰，不帶絲毫感情。

＊

想當然，江瀚和蕭婉柔之間不可告人的關係很快就在電視臺裡曝光了。製作人一個頭兩個大，把江瀚叫來了辦公室。蕭婉柔的男友頗有勢力，江瀚很清楚自己即將面臨什麼後果，不等對方開口，他便先主動請辭，他從來就不讓自己成為被遺棄的那個，這是他的自尊。

快筆在解約的同意書上簽了名，江瀚將它遞給製作人，製作人無奈接過，嘆了口氣，「你也真是，怎麼把自己搞成這樣？」

避而不答，江瀚相當鎮靜，一副公事公辦的模樣，「如果方便，之前的編劇費麻煩盡快匯款了。」

點點頭，製作人又安慰道：「你也不用太灰心，等風頭過去，說不定——」

沒等他說完，江瀚便開口了：「電視臺就三家，范總是大廣告商，你覺得我還混得下去嗎？」

他說得沒錯，製作人一時無語，露出遺憾的神情，「你知道，我一直很欣賞你的才華，你是我合作過最愉快的編劇……」

「那我非常榮幸。」江瀚感激一笑，「不過世界這麼大，我也不是非要待在這個圈子不可，不是嗎？」

江瀚說的是實話，一直以來他都醉心文學，期盼著成為一名作家。對他來說，那才是能自由揮灑的空間。但現實不盡人意，即便投稿多年，他被採用的文章仍寥寥可數。為了生活，他只好在學長推薦下寫起了電視劇本，依他的能力，這份工作算是得心應手，卻始終無法激發他心裡的熱情。

這樣也好，謀生餬口的工作，他已經有些倦了。一夕之間失去生活重心難免有些悵然，但這倒也不失為一個好機會，讓他重新檢視自己。

為了散心，江瀚回到育幼院，那個他從小長大的地方。看著在草原上追逐嬉鬧的孩子們，他憶起了自己的過去，曾幾何時，他也在這裡度過了大半童年。

江瀚從不諱言自己是個孤兒的事實，未滿一歲時，他就被遺棄在育幼院門口，要不是院長好心收留，他可能也沒有今天。這次回來，他把剛收到的劇本費幾乎全都交給了她，這些年來，不論收入多寡，他始終維持著捐款的習慣。

「這次會不會太多了？」院長從江瀚手裡接過信封，感受到裡頭的重量，有些詫異。

「劇本寫得好，費用當然跟著提高了。」江瀚笑了笑，他不想院長擔心，對自己辭職一事隻字不提。

院長欣然點頭，她是真心替他開心，「你能有今天的成就，我看著真的覺得很驕傲。」

「還不都是靠您栽培。」江瀚親暱地擠了擠眼。

呵呵笑著，院長忽然想到什麼，又問：「羅小姐呢？這次沒跟你一起過來？」

微微一怔，江瀚隨即故作自然地回答：「她店裡有事，不太方便。」

察覺了他的異狀，院長也沒多問，只是若有深意地道：「她是個好女人……從小你就善於保護自己，但跟她在一起的時候，我看得出來，你的笑容是發自內心的。」

聞言，江瀚一時有些出神了。院長說得沒錯，和雨儂在一起的日子，確實是他最快樂的時光，交往這麼多女人，她是唯一能給自己歸屬感的。但偏偏就是這份歸屬感讓他怕了，怕那種完完全全把自己交給對方的感覺，彷彿一旦淪陷，就賦予了別人傷害你的權利。

可能是在育幼院長大的緣故吧，江瀚不太清楚什麼是愛，也不懂得怎麼去愛，成長過程中他唯一學到的，就是愛自己。所以，越是意識到雨儂在他心中的分量，他就越抗拒，最後甚至開始疏遠她。很久以後江瀚才敢對自己承認，說穿了，他就只是個膽小鬼而已。

＊

辭去編劇一職後，江瀚暫時在咖啡廳找了個服務生的工作，同時他也替朋友代課，當起了國中話劇社的老師，好巧不巧，那所國中是子維的學校，而子維又正好是話劇社社長。當他出現在社團教室、聽到子維那聲訝異的「江瀚叔叔」時，他心裡不禁苦笑，人生哪，你越刻意去避免的，往往越是躲不掉。

躲不掉，不如好好面對吧，那些內心深處想對雨儂說的話，江瀚乾脆把它們都寫進了話劇社公演的劇本裡——

「……祕密的真相，光用雙眼是看不見的，如果沒有用心去聽，你可能永遠也不會發現，在我拿刀指著你的同時，我已經先刺傷了自己。」

將生命經驗寄情於創作，是他相當享受的事，可能是一場戲、一個角色，也可能只是一句臺詞，那就好像一組密碼，懂的人才能解開其中的涵義。江瀚知道雨儂會來看戲，畢竟子維擔任的是主要角色。或許她能讀懂，或許不能，無所謂，重點是他表達自我的過程，有些話在述說的同時，就已經得到了釋放。

曾經，江瀚寫過一個男人背叛一個女人的故事，記得當時雨儂還幫他對戲，她演技可好了，狠狠掐住他的脖子，像是真要置他於死地一樣。

「妳真夠狠，我差點不能呼吸了。」那天的他笑著，撿起地上的劇本，邊咳嗽邊爬了起來。

「那你最好記住這種感覺，敢背叛我，就是這種下場。」雨儂傲嬌地警告著他。

「妳捨得？」

「當然捨得，而且我覺得你劇情應該改一下……」說著，雨儂搶過江瀚手中的劇本，邊看邊評論道：「像這種變心的男人啊，掐死他太客氣了，應該捅他好幾刀才……不對、開車撞死比較痛快。」

「嘖嘖嘖……」最毒果然女人心，江瀚嘆為觀止地搖了搖頭。

「怎樣？」

但笑不語，突然江瀚一步上前，把雨儂抱了起來，眼裡盡是化不開的深情。

「好，如果我背叛妳，就讓妳撞死，毫無怨言。」

人生如戲，江瀚當初也想不到，相似的劇情竟然會在自己生命中上演，甚至還更曲折離奇。那天文成來咖啡廳找他，言談之間暗示著他就是殺害慶儀的凶手，他拗不過，只得配合地前往警局去做筆錄。

典型的夏日，那晚又下起了一場大雨，兩人抵達時，全身上下都溼透了。江瀚突然想起什麼，趕緊掏出口袋裡的東西，鈔票、捲菸、鑰匙之後，他終於找到了那個已經被雨水沾溼的小錄音機，那是他生日時雨儂送的，她知道他有記錄靈感的習慣，特地挑了這個做為禮物。

見江瀚急著擦拭錄音機，文成拉了臺風扇，讓他把東西晾在一旁的桌上吹乾，兩人便進入了偵訊室。誰也沒注意到，那張桌上也擺著一臺一模一樣的錄音機。

「時間不早，我們就不廢話了，你跟蘇慶儀是什麼關係？」才一坐定，文成就開門見山地問道。

「朋友。」江瀚答得乾脆。

「只是朋友？」

「她對我我不知道，但在我心裡，她就是一個朋友。」

睨了江瀚一眼，文成語帶調侃，「所以你習慣跟朋友搞曖昧？」

「這問題跟案情有什麼關係嗎？」江瀚似笑非笑。

聳了個肩，文成繼續訊問：「那羅雨儂呢？你們也只是朋友？」

「我們在一起過。」江瀚倒是不諱言。

「報導上說，殺害蘇慶儀的人很有可能是羅雨儂，你怎麼看？」文成故意拐了個彎，試探著他的反應。

幾乎沒有遲疑，江瀚回答：「她不是這種人。」

「你知道這封信是蘇慶儀寄的，對嗎？」文成又拿出了那封情書，它已經被雨水打溼了，皺巴巴的。

一絲玩味從江瀚臉上閃過，他從容承認，「沒錯，她寄了這封信，害我失去一切，所以我惱羞成怒，失手殺了她。」

偵訊室裡，時間好似靜止了，只有蒼白的沉默充斥其中。文成與江瀚相視著，眼中正在進行一場無聲的攻防。

半晌，江瀚嘲諷地笑了——

「潘警官，我是個編劇，這種理所當然的劇情，對我來說太沒創意了。」

訊問結束，潘文成儘管心裡仍懷疑江瀚涉案，但因為缺乏證據，也只能先讓他回去。可能走得太急，連拿錯了錄音機，江瀚也沒發現。

話劇社的公演上，江瀚又見到雨儂了。她坐在觀眾席中，一個人默默拭淚，看來是對劇情內容有所感觸。站在漆黑的劇場後頭，江瀚默默望著這一幕，心情也跟著百轉千迴。

演出結束後，開著租來的小貨車、前往育幼院歸還道具的路上，他的愁緒仍然沒有出口。似乎是突來的靈感，他停車，拿出了那臺錄音機，想記錄下此刻的心情——

「你知道嗎？其實我是個膽小鬼，寫著那些愛來愛去的劇本，心裡卻從來不相信愛情……」

說著，突然「噠」的一聲，錄音機自動跳掉了。

皺了皺眉，江瀚按下倒帶鍵，想確認剛才錄下的內容，沒想到卻聽到一段他從未記錄過的聲響，隨著磁帶滾動，他的神情驟變……

當晚，江瀚來到一處偏僻的十字路口。他張望著，似乎在等待什麼人出現，時值深夜，路上空蕩蕩的，連隻貓也沒有。

遠遠地，前方上坡路段閃出了一道刺眼的光束，光束來自一輛車。江瀚才一望去，那輛車便開始加速，直直朝他駛來——

砰——巨大的撞擊聲響起，還來不及反應，江瀚已經被撞飛倒地，躺在冰冷的馬路上。他的瞳孔因為驚愕而放大，瞠目瞪向了天空——

無盡的暗夜，天上只有星光幾許，又耀眼又孤寂。

那是映入江瀚眼簾的最後一個畫面。

華燈初上

〖影視改編小說〗

章八
何予恩

我這一輩子所有的時間全部都給妳。

夏日將盡，新學期即將到來，大學宿舍長長的走道上，文成正循著指標，查找著予恩的房號。

根據雨儂的證詞，慶儀遇害當晚，也就是「光」結束營業之後，予恩曾去店裡找她。如果沒有意外，或許他會是最後一個見到慶儀的人。

停在513號房外，文成敲了敲門，裡頭卻始終無人回應。他試著轉動門把，門竟然沒鎖，猶豫片刻，文成走了進去。

天還亮著，宿舍裡卻一片昏暗，不止燈沒開，窗簾也都被拉上了，一個人影抱著膝蓋，縮在雙層床下鋪的最角落，陰暗的氛圍籠罩著他。文成一驚，差點沒飆出髒話，定了定神，他上前詢問：「何予恩嗎？」

予恩聞聲抬頭，目光呆滯地望著文成，彷彿現在才注意到他。他的神情憔悴而虛弱，一雙眼睛腫腫的，看來已經哭了好多天。

「我是警察，關於蘇慶儀命案，我有些問題想問你。」

自我介紹後，予恩卻毫無反應。文成見他恍若未聞，確認地問：「你有聽到我說話嗎？」

予恩輕輕點了點頭。

「聽說颱風那天，你去店裡找過蘇媽媽？」

再一次，予恩點頭。

「你去找她做什麼？」

「我想……好好跟她說再見……」可能是太久沒開口，他的聲音微弱得幾乎快聽不見。

「你們發生過什麼不能好好說再見的事嗎？」

「我……」嘴唇微微顫抖，予恩的眼裡盡是懊悔，「如果我當初勇敢一點，事情是不是就不會這樣子了……？」

＊

認識慶儀之前，予恩從來也沒想過，自己的人生會和條通酒店的媽媽桑扯上關係，還捲入了一起命案。他的成長環境單純，爸爸在科技業上班，媽媽則開了間美術教室，專教小朋友們畫畫，家境小康的他不愁吃穿，最大的煩惱，不外乎是今年長高了幾公分、喜歡的球隊比賽會不會贏……等等。

對於愛情，予恩仍懵懵懂懂。當然，青春歲月中他並不乏心儀的女孩，但那些都只是眉眼傳情，丟丟紙條、牽牽小手，約會個那麼幾次就沒下文了。他以為這就是所謂的談戀愛，直到他遇見了慶儀。

那天是他二十歲生日，吉他社那群男同學以練團名義將他騙來了「光」，想讓還是處男的他體驗一下「男人的滋味」。當下他愣住了，掉頭要走，一心惡作劇的同學卻硬是抓住了他、把他架了進去。

接待他們的是慶儀，得知今天是予恩生日，她二話不說，直接上了一組招待。

「壽星怎麼稱呼？」舉起酒杯，她詢問地看著予恩。

「何、何予恩……」原來酒店小姐也能這麼有氣質，予恩愣愣望著慶儀，臉不覺有些紅了。

「予恩，生日快樂。」慶儀真誠地說著，飲盡杯裡的酒，綻出了一抹優雅的笑容。那個笑容，讓予恩瞬間心跳加速，酒都還沒喝，心就已經先醉了。

走出「光」的時候，男孩們都有了明顯的醉態。予恩酒量本就不好，卻又不肯認輸，故作清醒地與他們揮手道別，目送同學們離開之後，他才轉身往條通另一頭走去。才走沒幾步，忽然就一秒癱倒在某個路燈下，坐著，醉著，臉上卻還是憨傻笑著。

斷斷續續哼唱著歌，不知道過了多久，予恩朦朧的目光中，慶儀的身影遠遠走來，在他面前蹲下。

「喝醉啦？」她關心問道，臉上微笑仍與稍早一般溫柔。

兩人距離很近，予恩懵然看著慶儀，再次被那朵笑靨迷惑了……「妳為什麼要這樣笑？」他傻傻問道。

「怎樣笑？」

「笑得這麼好看、這麼讓人安心……」

噗哧一聲，慶儀忍不住笑了出來，似乎覺得予恩很有意思，「謝謝，我第一次聽到這種稱讚。」

沒頭沒尾地，予恩又說：「……我喜歡妳。」

頓了頓，慶儀伸手替予恩整理著亂糟糟的瀏海，沒把他的話當真，「我也喜歡你呀。」

「真的嗎？」忽然，予恩握住了慶儀的手，將她拉向自己，仰頭吻了她。

慶儀嚇了一跳，推開予恩，她沒動怒，卻收起了笑容。

「你喝醉了。」

「我沒有。」予恩堅持。

「你家地址在哪？我叫車送你回去。」

「不要……現在回家，我就再也見不到妳了……」予恩耍賴地說著，突然眼前一黑，醉倒在慶儀身上。

翌日，予恩在慶儀家客廳的沙發上醒來，想起昨晚種種，羞愧得恨不得立刻消失在這世界上。

「別在意，這行做這麼久，像你一樣的客人，我也見了不少。」慶儀隨口安慰著，見她稀鬆平常的樣子，予恩反而不開心了——

「如果我是認真的呢？」

「你還在醉嗎？」慶儀不信地笑了。

「我沒有……就算我醉了，我說的話也是真的。」像是要證明些什麼，予恩坦然迎視著慶儀。

予恩沒有說謊，那天之後，他卯足全力開始追求慶儀，每天一到「光」的打烊時間，他都會站在那盞街燈下，等著送她下班。慶儀怎麼肯讓他送？一開始她還好言相勸，後來甚至不理不睬、冷著臉要他別再出現，予恩也不在乎，就這麼保持一段距離跟在慶儀身後，她進了家門，他才肯安心離去。

二十年的時光，予恩總是隨遇而安，從未執著過什麼，自然也就不曾為了什麼如此努力過。對慶儀這種強烈的感情，他自己也覺得不可思議，人家都明白拒絕了，他還是渴望付出一切。

不知道堅持了多久，某天下班，慶儀終於忍不住上前責難——

「你知不知道自己在做什麼？你還這麼年輕，有必要浪費時間在我身上嗎？」她又好氣又心疼。

「如果我不追妳，那才是浪費生命。」予恩說得斬釘截鐵。

可能是被他的純真打動了，那天，慶儀接受了他的感情，予恩開心得想跟全世界分享他的喜悅，但他不敢、也不能，他知道爸媽一定會反對。既然如此，不如乾脆不提，一個被戀愛沖昏頭的少年，眼裡只看得到現在，未來對他來說，還是很久很久以後的事。

＊

交往的日子，他們一週會見一兩次面，慶儀喜歡看書，予恩就陪她逛書店；她喜歡古典樂，他便排隊去買音樂會的門票；喜歡吃小吃，他也樂意四處蒐羅美食。做什麼都無所謂，只要和慶儀在一起，就是他最珍惜的時光。

這樣的幸福，予恩還以為會一直持續下去，但在一年後某一天，一件意外的發生，卻讓一切戛然而止——

「我懷孕了。」坐在予恩對面，慶儀輕聲宣告著。

從沒想過這種可能性，予恩整個人呆住了，慶儀料到他的反應，又說：「如果你想要這個孩子，我們就計畫一下未來。如果你不要，我也完全理解。」

腦袋一片空白，予恩想說些什麼，卻什麼也說不出來，只能呆呆望著慶儀將一張名片推到自己面前——「這是婦產科的地址，禮拜一下午，我會等你到四點。如果你沒來，我就懂你意思了。」

猶豫了一整個週末，那個禮拜一，予恩最後還是沒有出現。他不是不要慶儀，只是還沒準備好迎接這個小孩，他知道他軟弱，也恨自己的軟弱，但他能怎麼辦？他還是個學生，能給慶儀什麼未來？

拿掉孩子之後，慶儀向予恩提了分手，她說：「我們年齡差太多了，從一開始就不適合。」

「誰說的？」予恩不同意，他哽咽著，眼眶紅了，「我們在一起的時候明明那麼快樂……我們幾乎沒吵過架……」

「好，我就問個現實的問題，你能給我什麼？」

「我這一輩子所有的時間全部都給妳。」予恩立刻發誓般地說道。

「真浪漫。」慶儀悵然失笑，「如果承諾用講的就能實現，世界上就沒有人痛苦了。」

無論予恩怎麼挽回，慶儀都無動於衷。他們沒有撕破臉，但予恩能感覺到，她看著自己的眼神，已經失去了溫度。

某個凌晨，他在打烊時間來到了「光」，帶著用當家教存下的錢買的戒指。他打定主意，只要慶儀回心轉意，他就立刻娶她，就算要經歷一場家庭革命也在所不惜，戒指很普通，卻是現在的他所能付出的最大心意。

悄悄地，予恩從後門翻了進來，想給慶儀一個驚喜，卻撞見了江瀚把她壓在沙發上，邊吻著她、邊脫去了她的衣服，而她也熱烈回吻著，一副相當享受的模樣……

予恩不敢置信，恨不得衝上前去，最後還是忍住了，默默翻牆回去。那夜的景象一直盤繞在他腦海，揮之不去。他們才剛分手，她才剛拿掉孩子，怎麼能這麼快就跟別人……還是、其實孩子，只是她甩掉自己的一個藉口？

這些想法占據了予恩的心，讓他吃不下也睡不著，最後甚至跑到「光」去大鬧一場，撂下了那句——「蘇慶儀，不要逼我殺了妳……」

從小予恩就在向陽處長大，從未體會過陰暗的滋味。現在他才知道，原來痛苦是沒有極限的，但他找不到出口，只能不停折磨自己。

看不下去他的窩囊，愛蓮建議予恩，讓慶儀也體會看看他的痛苦——「江瀚哥是蘿絲媽媽的男人，她跟蘿絲媽媽是比姊妹更親的朋友，怎麼做還要我教你嗎？」

予恩斷然拒絕了，這不是他會做的事。但漸漸地，報復的念頭開始萌芽。新聞系的暗房裡，予恩獨自洗起了照片，一張張都是他跟蹤慶儀所拍下的、她與江瀚約會的畫面，還在猶豫時，愛蓮卻擅自公開了照片。沒想到這些照片引起了軒然大波，間接導致慶儀決定嫁給中村，跟著他前往日本。

先是江瀚，再來又是中村，慶儀到底把他當成什麼？予恩實在無法接受，去中村家按了門鈴，想揭發她的真面目——

「你以為她愛你，對不對？」

中村一頓，他並不認識予恩，禮貌地笑了笑，「我不懂你的意思。」

「我也以為她愛我……」予恩控訴地說著：「可是我錯了，她這個人沒有心。在答應你求婚之前，她還跟別的男人搞在一起，她根本沒愛過任何人。」

一陣沉默後，中村開口了，他非但沒有動怒，反而平靜地看著予恩，「謝謝你告訴我。」

「什麼……？」予恩一呆，對中村的反應感到詫異。

「我知道蘇不愛我，但這一點也不重要，只要她選擇了我，我就會好好照顧她。也許有一天，她會看見我的真心。」中村這番話說得情真意切。

予恩不禁羞愧，中村多麼寬容大度，願意承載慶儀的一切，反觀自己卻如此不成熟，只在乎她的回饋，沒有真正想要了解她、包容她。第一次他意識到，或許自己沒有資格成為那個給她幸福的人。

一夜之間，予恩長大了。怎麼說都認認真真愛了一場，他想祝福慶儀、好好跟她說再見，於是冒著風雨來到了「光」，推開休息室那扇門的時候，雨儂正拿著菸灰缸，似乎就要朝慶儀頭上狠狠砸下——

見兩人之間氣氛不對，予恩趕緊出聲：「呃、不好意思……」

兩個女人回過頭，看到他溼漉漉地站在門口，都是一愣。

「……你怎麼來了？」慶儀故作無事地問。

看看雨儂，又看了看慶儀，予恩有些遲疑，「就、有些話……想跟妳說。」

「那我就不打擾你們了。」雨儂也很識相，放下菸灰缸，從置物櫃拿出包包，離開了休息室。

「要跟我說什麼？」收拾完地上的紙張碎片，慶儀拿了一條毛巾遞給予恩，讓他擦拭身上的雨水。

她還是在乎自己的吧？嚥下衝上喉頭的感傷，予恩開始訴說，那些愛呀恨哪種種情感，最後都化作了祝福——

「謝謝妳……不管怎麼說，我都不後悔我愛的人是妳。」這是他的結論，真心的。

聽完，慶儀的眼神有些朦朧，望著予恩滄然一笑。怎麼也沒想到，這個當初讓他心動的笑容，他是最後一次見到了。

＊

慶儀的死訊，予恩是從新聞上看到的，那是第二天傍晚的事了。他立刻衝去了「光」，想弄清楚怎麼回事，但店裡沒有營業，鐵門是拉下來的。他又跑到慶儀家樓下，透過窗戶望去，裡頭盡是一片死寂的黑暗。

走了好長好長的路回到宿舍，予恩把自己關了起來。也不知道過了多少天，時間的流逝對他來說失去了意義，直到文成前來找他。

予恩告訴文成，那天他看到雨儂和慶儀爭執的場面，文成只是問了幾句，隨手記下幾行字，好像不把他的話當一回事似的。又等了好多天，案情還是沒有水落石出，予恩有些急了，他始終堅信雨儂就是殺害慶儀的人，那晚她的那個眼神，對慶儀簡直恨之入骨。

明知凶手是誰，卻什麼都做不了，予恩好不甘心，他怕再拖下去就更難找到證據，找上了愛蓮幫忙。愛蓮介紹了一個大他們幾屆的學長，對方在《第一線雜誌》擔任編輯，剛好對這個案件很感興趣。

匿名接受了採訪，予恩爆料了雨儂、慶儀和江瀚之間的三角關係，希望能藉著輿論來懲治雨儂這個殺人凶手。

不久之後雜誌出刊了，裡頭繪聲繪影地描述著雨儂和慶儀姊妹鬩牆一事。如予恩所願，在大眾的未審先判下，雨儂的嫌疑洗也洗不清了。

「做這些，不只是為了幫蘇慶儀討回公道，更是為了證明她還存在。因為你知道一旦放手，你就永遠失去她了，對嗎？」愛蓮這麼問予恩。

她說得沒錯，予恩不禁慨然，原來失去一個人那種心裡的空洞，是怎樣都填補不了的。

慶儀的離開讓他重新思考了人生，他不想再不明不白、渾渾噩噩地過日子了，他想成為一個更好的人，這樣她在天上看到了，一定也會為自己感到驕傲吧？

接受了學長邀請，予恩開始在《第一線雜誌》實習。命運像是在開玩笑，他加入的第一天，就傳來了江瀚車禍身亡的消息。予恩震驚極了，學長也認為事有蹊蹺，立刻決定追蹤報導。

或許是為了尋找真相，或許是想了解讓慶儀著迷的他是個怎樣的人，予恩自願幫忙蒐集資料。他來到了育幼院，想了解更多江瀚的背景。

以為他們想報導江瀚的生平，院長欣慰地搬出一個紙箱，拿出裡頭的物品，一一向予恩介紹著：「這些是他的照片，這些是他寫過的劇本，還有在報紙上刊登的散文……他從小文筆就好，每次賺了稿費，就會買東西給育幼院的弟妹妹們吃……」

注意到紙箱裡還放著一個小型錄音機，予恩問道：「……這個是？」

看了錄音機一眼，院長的神情有些遺憾，「這是他出事那天來還東西、離開時忘了帶走的……他靈感多，常常記不住，一想到什麼就會趕快錄下來……」

希望予恩能寫出最貼近江瀚的報導，院長把整個紙箱交給了他。那天晚上，予恩一個人留在雜誌社整理資料，他拿出那個錄音機，按下播放鍵，裡頭傳出了一對男女的聲音——

「怎麼了？」男方的聲音聽來有些錯愕。

「我不是故意的……我不知道、我真的不是故意的……」女方嗚咽著。

「妳別慌，不要緊張……」

「……她死了嗎？」

「沒有呼吸了。」

聽著錄音的內容，予恩的臉色變得鐵青。

難道江瀚之所以會死，是因為他發現了誰是殺害慶儀的凶手……？

華燈初上

〖影視改編小說〗

章九 潘文成

人民保母嘛，查清真相本來就是我的責任。

一個油腔滑調的刑警，一個豪邁奔放的酒店媽媽桑，文成和雨儂，可以說是不打不相識。

幾個月前的半夜，條通店家大多已經打烊，文成在巡邏途中看到幾名兄弟正尾隨著剛下班的雨儂。他趕跑了他們，好心上前詢問狀況，卻反被雨儂誤認為是那群人的同夥，不由分說便拿著包包朝他頭部連番攻擊——

「欸小姐……不是、那個、我是警——」

根本不給他說話的機會，雨儂一逮到空檔，又往文成胯下猛烈一踹，趁他劇痛倒地時拔腿狂奔，消失在條通的夜色裡。

「堂堂一個潘文成，一個從來就只有你出手打人的潘文成，今天竟然被一個女人打成這副德行，不簡單。」回到局裡冰敷時，阿達這麼嘲笑他。

再次見到雨儂，是她來警局領失物時，那晚她打文成打得太用力，包裡的東西散落一地，被文成撿回了去。

「你是警察？」雨儂見局裡的人對文成畢恭畢敬，一臉不可思議。

「不像？」有點在報昨晚的仇，文成故意一副吊兒郎當的態度。

「不像。」

「人不可貌相，幫妳上一課。」文成指指自己發青的鼻梁，開始算帳，「要追究的話，妳這是襲警知不知道？」

「是警察你不會早說嗎？」雨儂一點也不客氣。

「妳有給我說的機會嗎？」文成覺得荒謬地笑了。

「誰知道你跟那些人是不是一夥的？你又沒穿制服，我總得保護自己吧？」雨儂邊填資料，一邊理直氣壯地說著。

文成氣結，懶得跟她計較，拿出打火機想點菸，裡頭的燃油卻已見底，怎麼也點不著。

見文成點火點了半天，雨儂拿出一個火柴盒朝他遞去，盒面上印著「光」的字樣。文成一頓，說：「我知道這家店。」

睨了他一眼，雨儂一個「所以呢？」的表情。

「妳在那上班。」文成論斷。

似乎有些意外，雨儂挑了挑眉，文成又接下去說：「一般來說，女人不太會隨身攜帶這種酒店的火柴盒，也不太會凌晨兩點多還在條通閒晃。」

「推理能力滿好的嘛。」雨儂大方承認，「我是『光』的媽媽桑。」

「難怪。那天晚上怎麼回事？妳怎麼會被幫派盯上？」點上菸後，文成把玩著手中的火柴盒。

「沒事，我能應付。」雨儂顯然無意多說，將桌上失物收進了包包裡，文成見她要走，又開口了：「不過、我被K成這樣，妳用一盒火柴道歉，會不會太沒誠意？」

「不然你想怎樣？」

「媽媽桑的話，請喝一杯應該不過分吧？」

「下次你來店裡，直接報我名字。」雨儂倒是非常爽快。

文成笑了，舉了舉火柴盒，表示一定報到。

＊

幾天之後，文成果然報到了，但他不是來喝酒、而是來查案的。他接獲線報，那椿他追了許久的毒品案，好巧不巧就是在「光」進行交易，他立刻向上級申請了搜索令，帶著大批人馬前來搜查——

「我們接到線報，今晚在這有毒品交易，請把鐵門拉下來，所有人進行搜身。」

見文成連聲招呼也沒打，員警們又態度強硬地推擠著客人，雨儂不悅地發難了——「現在是怎樣？警察了不起了是不是？」

「羅雨儂小姐，之前襲警，現在還想妨害公務嗎？」文成排開眾人，走向了雨儂。

「不說的話我還以為你們是流氓咧。」

「我們有我們的做事方式，不然要是出什麼狀況，妳能負責嗎？」

「店也搜了、鐵門也拉了，還能有什麼狀況？」

「妳安靜配合一下就好，不要挑戰公權力，要不然，妳們生意也不好做。」

文成耐著性子說道。

「這是威脅嗎？」雨儂瞪著文成。

「是提醒。」文成的態度也相當強硬。

兩人互不相讓時，慶儀走了上前，「我們當然願意配合，但能不能請警察先生們和緩一點，不要嚇到客人？」她禮貌說著，眼神帶著請託。

眼看慶儀應對得體，文成態度也軟化了，一個眼神示意下屬們放輕動作，接著又轉向雨儂教育著她：「妳看，話好好說嘛，妳同事上道多了。」

神氣才沒多久，文成就吃了癟。不知是線報有誤還是被擺了一道，那晚他一無所獲，只能拍拍屁股收隊離去。但刑警的直覺告訴他，「光」一定有問題。為了揪出毒販，那天起，他有事沒事就藉著喝酒名義跑來盯梢，和兩位媽媽桑也就逐漸建立起了某種交情。

雖然表面上總是抬槓，但認識越久，文成就越欣賞雨儂。她的直來直往，她的有情有義，她臭臉背後那顆炙熱的心，總覺得這個女人，有種把整個世界扛在肩上的魄力。某天雨儂看似心情不是太好，他拉她去打撞球發洩，不知道哪根筋不對，她隨手紮起頭髮的那瞬間，他竟然若有似無地心動了……

＊

發現慶儀屍體的時候，文成震驚極了。相識一場，他當然想早點抓到凶手，還給她們一個公道，但隨著案件展開，「光」的每位小姐似乎都非常可疑，而其中嫌疑最大的，竟然就是雨儂。

「這種情況下還要開店，壓力很大吧？」見過予恩之後，文成又來到了「光」，他試著從雨儂口中套話。

「討生活，誰的壓力不大？」雨儂抽著菸，一如往常的神態。

不置可否地笑笑，文成索性直接問了：「為什麼說謊？」

「說謊？」雨儂不解。

「那天妳跟我說、何予恩來店裡找蘇媽媽，妳是不是漏講了什麼……」

「我漏講了什麼？」

「比方說妳拿著菸灰缸，想往她頭上砸下去？」文成盯著雨儂，觀察著她表情的變化。

短暫一怔，雨儂不以為然地回答：「這種事有什麼好講的？換作是你跟好朋友吵架了，你會希望別人知道嗎？」她頓了頓，「除非、你懷疑我是凶手。」

「真相明朗之前，每個人都有嫌疑，我不能把妳排除在外。」文成故作輕鬆。

話雖如此，文成心裡還是相信雨儂。不久之後，《第一線雜誌》出刊了，街頭巷尾人人都認為雨儂就是凶手。文成還在擔心「光」的生意受到影響，她卻主動找上熟識的製作人，上了節目接受訪談，澄清自己的嫌疑。看著她在電視上堅毅的樣子，文成心裡不禁佩服，不愧是他認識的羅雨儂，總是有辦法在絕路上起死回生。

一波未平一波又起，慶儀之後，江瀚竟然也出事了。他被一輛車高速撞上，現場缺乏目擊證人，雨儂又捲入了暴風中心，被檢察官懷疑是殺人凶手——

「這髮夾是妳的吧？」偵訊時，檢察官拿出了一個玫瑰造型的髮夾，放在雨儂面前。

「怎麼在妳這裡？」雨儂看了髮夾一眼，表情有些詫異。

「是在江瀚死亡的現場找到的。」

霎時之間，雨儂整個人震住了。她這才知道噩耗，瞪大雙眼，不敢置信地看著檢察官。

「江瀚、蘇慶儀……兩個跟妳有關的人怎麼都死了？妳隱瞞了多少事是不是該給個交代了？」檢察官咄咄逼人的同時，偵訊室的門突然開了，文成走了進來，手上拿著一包照片——

「先看看這個吧。」

接過他手中的照片，檢察官一張張翻看著，看似是什麼演出的側拍照。

「這是什麼？」

「這張是江瀚出事那天忠山國中話劇社的表。江瀚是指導老師，羅雨儂是學生家長，他們那天下午就在學校碰過面了。」

其中幾張照片拍到了雨儂，她的頭上，別的正是偵訊桌上那個玫瑰髮夾。

「她頭上別著的，就是這個髮夾。」文成提醒道。

「所以呢？」

接過照片，文成翻出了其中一張，那是演出結束後雨儂和子維的合照，照片中，雨儂頭上的髮夾已經不見蹤影。「但是這張演出後的合照，羅雨儂頭上的髮夾卻不見了。也就是說，它很有可能是在那時落下、被江瀚撿到的。」

檢察官一時無言。

那天，雨儂暫時被放了回去。潘文成陪她回家的路上，她突然停下腳步，感謝地望著文成，「謝謝你。」

「人民保母嘛，查清真相本來就是我的責任。」

「你相信他們兩個不是我殺的？」聞言，文成微微一愣，雨儂沒等他回答，又問：「你接近我，不是為了調查我的嫌疑？」

坦然迎視著雨儂，文成的神情轉為認真，「不是。」

雨儂定定看著文成，想從他眼中看出他是否真誠，半晌，她選擇相信了他。

＊

慶儀、江瀚、毒品案，文成都沒有放棄追查，但每次他掌握了一些線索，線索就會突然斷掉，為此他深感挫折。又過了幾天，文成在「光」喝酒的時候，突然檢察官領著阿達、帶著幾名員警湧入，現場一陣錯愕，亂哄哄的。

「成哥抱歉，我們來帶人。」阿達似乎有些心虛，迴避著文成的視線。還以為他們要抓的是雨儂，文成正想攔阻，不料一旁的員警隨即亮出手銬，眼看就要往他的手上銬上——

文成一陣錯愕，但也沒打算就範，反而揪住那名員警。員警頓住，一時不敢動作。

「成哥……」

「潘文成，警方稍早在你家查獲毒品及磅秤，我們高度懷疑你因公瀆職，涉嫌以刑警身分私下販毒，我以檢察官的身分將你送辦起訴。」檢察官凌厲地看著文成。

場面僵持，文成的眼神瞥見雨儂，只見雨儂的目光看向後門，似是暗示文成逃跑的方向。

「阿達，帶他上你的車。」檢察官吩咐道。

阿達接過手銬，低頭走向文成，根本不敢看他一眼。就在靠近文成之際，文成忽然出手壓制阿達，兩人打了起來。

頓時店內一片混亂，客人們嚇得紛紛閃避，阿達出手反擊，員警們群起幫忙。但文成身手矯健，阿達反被文成朝臉頰猛摜一拳，阿達痛哼一聲倒地——

混亂中，文成迅速往後門跑去，一下就不見蹤影了。

被通緝的日子，文成靠著雨儂幫忙，躲在一間老舊的旅社，他覺得自己似乎遭人設計了，誰也不敢信任。

「你別擔心，樓下的內將我很熟，你在這很安全的。」雨儂這麼告訴他。

「……抱歉，把妳也牽扯進來。」文成一個苦笑。

「如果你沒多管閒事，我早就被抓了，到底是誰該說抱歉？」兩人對視會心一笑。雨儂從袋子裡拿了麵包給文成，文成隨即撕開包裝袋，大口吃著。

「接下來打算怎麼辦？」

「想辦法把真相拼湊出來囉……放心，我還是有朋友的。」

文成所謂的朋友，指的是妹妹。某天夜裡，趁著妹妹下班，他去警局堵她，請她幫忙調閱自己被栽贓販毒的資料。

妹妹本來就相信文成，自然願意幫忙，她偷偷從阿達的檔案夾中抽出所有與毒品案有關的文件，複印了一份，但因為太過不安，她沒注意到自己竟意外帶走了一張修車廠的報價單。

接著，妹妹來到旅店，敲了文成的房門，跟著文成走入房內。文成警戒地掃了走廊幾眼，關上房門。

「沒被人發現吧？」

「沒有，我很小心。」

「東西拿到了嗎？」

妹妹點頭，從包包裡拿出了紅色的資料夾，交給文成。

「資料都在這裡了。」

「謝啦。」

妹妹看著落魄的文成，關心問道：「成哥，你還好嗎？」

「妳有看過哪個逃犯好的嗎？」

「……也是。」

見妹妹沉默，文成安慰她似地一笑，「放心，死不了。而且有妳這份資料，我就有翻身的希望了。」

猶豫片刻，妹妹決定據實以告：「可是、阿達跟葛檢……好像都以為你是真的跟那些毒販勾結……」

文成若有所思地聽著。

「要不要我跟阿達說？他一定也會相信你——」

「不用了。」文成俐落打斷了妹妹。

「為什麼？」

文成暫時不打算告訴妹妹阿達的真面目，避重就輕說道：「這件事，越多人知道就越複雜，先這樣吧，後續也要拜託妳了。」

妹妹雖然擔心，仍是接受地點了點頭。

旅社房間的窗簾是拉下的，只有隱隱的光線透進房間。文成叼著菸坐在桌前，研讀著妹妹帶來的文件，那裡頭有從自己家裡搜到毒品的照片，還有毒販作偽證的筆錄。

文成翻閱著資料，卻突然在文件中發現了一張汽車維修的報價單，上面的日期，正是江瀚車禍死亡那天的日期。他皺了皺眉，似乎察覺到了什麼蹊蹺……

一間位於近郊的修車廠，廠房內停著幾輛中古車，不是出了狀況的、就是即將報廢的。

阿達的聲音由遠而近地傳了進來，他正在與修車廠老闆對話著：「不是說可以多放幾天？……怎麼突然急著要我來？」

老闆似乎有些心虛，支支吾吾地回答：「我、我這裡不是停車場，啊你車子修好了，不聯絡你不然要怎樣？」

兩人說著，來到廠房門口，老闆停下了腳步。阿達往內走了幾步，一頓，回頭發現老闆竟然已經走了，正疑惑時，他看見自己那輛送修的贓車了。阿達緩緩朝車子走去，忽然間，從車子後方站起一個人，阿達一看就呆住了。那是文成，他面無表情，一雙眼睛直直盯著阿達……

「這輛車，是撞死江瀚的車？」

阿達神情緊張，他仍在錯愕情緒中，一時間無法開口。

「我查過了，這輛車是贓車。」

阿達依然沉默著，甚至不敢抬頭看向文成。

文成盯著阿達，緩緩逼近，「江瀚的死，跟你怎麼會扯上關係？」

章十
李建達

我的時間，我愛怎麼浪費就怎麼浪費。

「光」的洗手間，阿達剛上完廁所，隱約聽見後門傳來兩個女人的對話聲，竊竊私語的那種——

「妳不要小看它，這樣小小一管，效果非常持久，以前我都是用注射的，也沒出過事。」說話的是淑華，另一個是不知名的女人。

「純度夠嗎？」

「懷疑就不要來找我買。」

「那現在有貨嗎？」

阿達已經悄悄貼近後門邊，他臉上神情越來越嚴肅，聽到這裡，幾乎就要衝出去抓人——

「這種東西我怎麼可能會帶在身上，妳要多少？」聽淑華這麼說，阿達止步，繼續靠在門邊聽著。

「十管。」

「明天開店前再來找我拿，記得帶錢。」

阿達以為淑華就是他們要找的毒販，思索著下一步的行動，決定找個方法接近她，於是約了她隔天去跳舞。沒想到一切都是誤會一場——

「光」打烊了，淑華正和阿達坐在街邊的麵攤吃著消夜，桌前擺滿了各式各樣的小菜。她一鼓作氣地吃著，豪邁的吃相讓阿達看傻了眼。

「啊，飽了飽了。」淑華吃完，不顧形象地在阿達面前打了一個飽嗝。

阿達看著淑華率真的樣子，笑了。

淑華算起了自己餐點的價錢，一面拿出錢包數著零錢：「我的一百二十五……」

「不用啦，我請。」阿達趕緊阻止。

「三八啦，請什麼請？」

「第一次約會，當然我請啊。」

「等等，什麼第一次約會？」淑華看著阿達，神情有些訝然，「……你不會當真了吧？你知道我的過去嗎？」

「妳說啊，我很想知道。」

「我坐過牢。」

阿達一愣，笑出來：「哈哈，看不出來妳這麼幽默。」

「我說真的，過失殺人，對象是我前男友，他曾經逼我賣淫。」淑華的表情相當認真，阿達聞言僵住了。淑華見他反應，習以為常地笑了笑，「所以啊，像我這樣的人，是不能再亂談戀愛的。」

「為什麼這樣就不能談戀愛？」阿達定定看著她，「這個世界上誰沒過去？難道因為這樣，妳就放棄追求幸福的權利了嗎？」

淑華一呆，沒想到阿達會對她說出這樣的話，有些被打動了……

吃完消夜，兩人正要去跳舞的路上，兩人有說有笑。這時，有個女子在身後大喊「李淑華」——

淑華轉頭，隨即用眼神示意女子趕快離開，女子沒有意會到，上前。

「我正要去找妳，今天接客一整天，剛才好不容易才有空檔，貨有帶嗎？」

「什、什麼東西啦……」淑華的反應有些不太自然。

「啊我昨天不是跟妳要了十管？」

阿達聽了，立刻亮出警徽——「我是中山二分局刑事警佐，我懷疑妳們正在進行非法交易，貨是什麼？請妳拿出來。」

女子嚇到呆愣原地，淑華下意識看向阿達拎在手中的包包。阿達打開包包，翻出一包夾鏈袋，裡面裝著十支針筒。

「這什麼？」阿達一臉嚴肅。

結果，針筒裡裝的是避孕藥。因為淑華曾賣過春，才會有小姐來找她買這種東西。知道阿達接近自己是別有用心，淑華當然氣壞了，搶回包包扭頭而去。

翌日，「光」的招牌燈已經暗下，阿達徘徊在店外，等著淑華下班。門開了，淑華走了出來，見到阿達先是一愣，隨後板起臉來，裝作沒看到他似地離開。

「花子——」阿達追上，淑華面無表情地繼續走著，沒有搭理他。
「對不起啦，啊我就職業病，聽到貨這個字太敏感了，才會……對不起啦，不要氣了好不好？」
淑華停下腳步看著阿達，仍然沒有好臉色，「我氣不氣重要嗎？反正在你心裡，我只是個嫌疑犯而已啊。」
「才不是咧。」
「你不是早就鎖定我販毒，所以才找我喝酒吃消夜、約我跳舞的嗎？」
「一開始是這樣沒錯，可是跟妳相處之後……妳很純真、很坦蕩、很做自己……」阿達嘴拙解釋著：「吼怎麼說？我就是喜歡妳的出淤泥而不染。」
「夠了喔，再說就太噁了。」淑華略略被這番話觸動了，卻不願選擇相信。
阿達看著淑華，眼神無比認真。淑華見他一臉赤誠，內心交戰著，半晌後才開口：「後天晚上有空嗎？」
「啊？」阿達還沒意會過來。
「不是說要帶我去跳舞？」
阿達聞言，鬆了口氣，笑開了，「有，當然有。我保證不會再發生昨天那種事了，以後，我會保護妳的。」

＊

這個承諾，阿達並沒有實現，因為不久之後，淑華就被從前賣淫的客人給強暴了。那晚阿達本來要去接她下班，他來到「光」的時候，正好見到淑華被幾個流氓押上了一輛廂型車，阿達一愣，遠遠地，他立刻大聲喊道——

「喂！你們在幹什麼？」

車門「唰」的一聲關上，廂型車發動引擎，快速駛離。阿達見狀，大步追了起來，邊追邊吼罵著：「幹！給我停下來！」

阿達加快腳步急追，卻終究敵不過車速，只能絕望看著廂型車消失在眼前。等他再見到淑華的時候，一切都太遲了……

事發之後的警局裡，阿達邊聽著文成替淑華做筆錄，邊用力地捶了桌子一拳，滿臉懊悔，「如果我早點到就好了……如果我能追上那群王八蛋，事情就不會發生了……」他好氣自己，「馬的我怎麼這麼沒用！」

阿達雙手抱頭，努力壓著情緒，卻還是氣到有點發抖。淑華見阿達自責，心裡也很難過。

「李建達。」文成忽然喝道，阿達一頓，抬頭看著他。

「記得自己身分嗎？」

「……警察。」

「對，警察。真的要幫花子，就給我打起精神、拿出專業來破案，不要只會在這靠北。」

阿達一懵，點了點頭，彷彿對自己說道：「對、我一定會抓到他，一定會幫妳討回公道……」阿達說著，堅定地看向淑華。

這次他沒有食言，抓到了欺凌淑華的那群人，打斷了彪哥的牙齒。即便如此，他也換不回淑華臉上的笑容。

夜晚的河堤，淑華抱著膝蓋，不發一語地坐著，情緒依舊低落。一旁，阿達靜靜陪坐在她的身邊，試圖逗她開心。

「……結果啊我神拳一出，他的牙齒就被我打飛了，拋物線的飛喔，帥不帥？」阿達示範著動作。

淑華聽著，卻沒有真正聽進去，只是看了阿達一眼，神情澹然，「其實你不用這樣特地來陪我，我一個人可以的。」

「我怎麼可能放心讓妳一個人待著？」阿達說著，不知道從哪掏出了一包仙女棒，「看看我帶了什麼，夏天的河邊，最適合點仙女棒了，我們來玩猜字遊戲。」

阿達拿出打火機，點燃一根仙女棒，遞給淑華。淑華眼神空洞地看著仙女棒上跳躍的花火，並不接過。

阿達只好拿著仙女棒，站了起來，在夜空下揮舞著幾個大字——「有我在」。

淑華當然讀懂了阿達的字，卻不打算正面回應。「世界上還有很多很好的女生，你不要把時間浪費在我身上了。」

「我的時間，我愛怎麼浪費就怎麼浪費。」阿達不以為意。

「李建達，你一定要逼我說實話嗎……我根本就不喜歡你，我只是想找個人打發時間，但現在我也沒這種心情了……」

阿達看著淑華，沉默下來，半晌後又說道：「我雖然不聰明，但也沒那麼笨，我看過很多犯人，他們說謊的時候，就是妳這種表情。」

淑華被他說中心事，眼神飄移。

「我知道妳是想趕我走才這麼說的，不要小看我，我跟蟑螂一樣，趕不走也打不死。」阿達笑看著淑華，淑華被阿達的溫暖打動，所有逞強偽裝瞬間瓦解，眼眶紅了……

＊

颱風那晚，中山分局裡，阿達正蹲在辦公桌前，一臉無奈處理著他的錄音機。他拿起機器隨意敲打，忽然傳出一陣奇怪、重複的雜訊：「我警告你，你這樣是在妨礙公務喔……現在就跟我們回警局……我們回警局……」

剛好妹妹經過聽到，疑惑地上前詢問：「欸那什麼啊，怎麼會有我的聲音？」

「就早上出勤我們遇到的那個醉漢呀，我塞在口袋不小心壓到錄音鍵……它最近一直秀逗，是不是應該換一臺了……」阿達有些苦惱，又敲了幾下，錄音機卻又跳掉，再也開不了。阿達索性放棄，順手將錄音機塞進口袋。

看著外頭呼嘯的風雨，他決定去接淑華下班，抓起鑰匙便往警局外跑去。

將車子停妥後，阿達下車往門口跑去。店門的風鈴聲響起，阿達走進「光」，邊撥著身上的雨水，他望著空無一人的店內——

「有人嗎？」

無人回應，休息室的燈卻是亮的，阿達一臉疑惑，朝著裡頭走去。不料一推開門就見淑華縮在牆角，她被開門的阿達嚇到，整個人彈了起來，神色失措望著阿達。

「怎麼了？」阿達一臉錯愕。

「……我不是故意的……我不知道、我真的不是故意的……」淑華驚慌極了，她嗚咽著。

阿達一頓，視線所及，驚見慶儀動也不動地躺在地上，這才意識到眼前的狀況嚴重——

「妳別慌，不要緊張……」阿達雖然緊張，卻努力安撫淑華。他顫抖著走到慶儀身邊，蹲下伸手探了一下她的呼吸。

淑華在一旁看著，畏縮地撇開了目光，「……她死了嗎？」

「沒有呼吸了。」阿達也嚇到了。

淑華聞言，全身無力靠倒在牆邊，忍不住大聲哭了出來，哭聲夾雜著驚嚇和悔恨，「為什麼會這樣？為什麼、為什麼蘇媽媽就這樣死了……」

阿達見淑華失控，趕緊上前，緊緊抱著她，「不怕，沒事的，我在這裡沒事的。」

淑華在阿達的懷裡啜泣著，阿達抱著她，神情凝重望向屍體。扶起淑華之後，他力圖鎮定，打量著環境，拿起一把椅子走到休息室窗戶旁，觀察窗戶的結構後，忽然舉起椅子朝著玻璃狠狠砸下——

「你、你在幹麼？」淑華整個人嚇到了。

暴雨從窗外不斷灑進休息室，阿達接著走到後門，將後門拉開，風雨從門窗灌入。

「今天是強颱，玻璃被吹破是合理的，然後因為門沒有關好……」他喃喃自語著，「指紋應該無所謂，這裡本來就是妳們活動的地方，把血跡處理好就好，這樣現場就不會有任何線索了……」

淑華似乎明白了阿達的目的，她緩緩轉頭看向慶儀的屍體。

「有繩子嗎？」阿達又問。

淑華比向鐵櫃的最下層，阿達打開，看著裡面一堆的工具。他接著抽出了一綑尼龍繩，「妳剛剛是用什麼攻擊她的？」

淑華仍說不出話來，目光卻看向了地上那個菸灰缸。

「這個？」

淑華沉默地點了頭，阿達隨即拿起一旁抹布，包起那只菸灰缸就是一陣猛砸。他其實也是緊張的，這些他並不擅長，整個過程他幾乎發抖著。

「妳可不可以過來幫我一下……」他說著，抽出了尼龍繩，「幫我拉著這邊……」

淑華緩緩上前，用顫抖的雙手接過繩子，畫面拉開，兩人就在這片混亂的空間中，將屍體緩緩地綑綁起來……

阿達的車疾駛在某條產業道路上，窗外暴雨不斷，淑華驚魂未定地坐在副駕駛座，車內瀰漫著一股緊繃的氛圍。兩人沉默許久，淑華壓不住心中的罪惡，緩緩開口說道：「我在想，我還是去自首好了……」

「妳瘋了嗎？難道妳不知道自己有前科嗎？」阿達完全不贊同。

淑華沉默著，這時阿達忽然將車子停下，似乎是到了目的地。透過暴雨掩護，他在車內觀察著周邊環境，喃喃道：「這時間應該沒有人了。」

「對不起，是我害了你……你要不要趕快離開，不要被我連累了——」

阿達打斷了淑華，一邊穿上雨衣，「這都是我自己的決定。妳忘了我說過的話嗎？我會保護妳的。」

淑華一頓，泛著淚，阿達忽然抓起她的手，說道：「從今天開始，我們都不能再有任何聯絡。這是為了確保有一天、如果妳被懷疑是凶手，我能在暗中幫助妳。」

淑華微微點了頭，沉默不語。

「沒事的，妳先在車上等我，我馬上回來。」阿達鬆開淑華的手下車，將屍體快速拖下車，狂風暴雨中，他奮力拖著屍體前進，沒注意到地上的泥濘正被屍體劃出一道長長的痕跡……

＊

本以為只要挨過一段時間，一切就會風平浪靜。誰知道不久之後，阿達在分局值班的某一晚，一陣緊急的電話聲響起了——

「誰的電話？」阿達剛從茶水間出來，見電話響了許久都無人接聽，問一旁正忙著的某個員警。

「成哥桌上的專線，你幫他接一下啦。」

「人都下班了，到底還有什麼急事……」一面碎唸著，阿達已然接起電話——

「喂您好——」

阿達話沒說完就被打斷了，電話彼端傳來江瀚的聲音，「潘警官我是江瀚，我有緊急的事……」

「不好意思，成哥已經下班了。」

「我要報案，你可以幫我聯絡他嗎？」

「我是他同組同事，你跟我說也可以。」

遲疑了一下，江瀚才說：「關於他正在追的蘇慶儀命案，我知道凶手是誰。」

心瞬間涼了半截，呆滯了幾秒，阿達有些心虛地問道：「……是誰？」

「一男一女，我這邊有個證據……」

聞言，阿達立刻打斷江瀚——

「等等，你人現在在哪？我過去找你。」

和江瀚約好碰面後，阿達立刻動身。他實在不願意這麼做，但他知道若不解決江瀚，他跟淑華就玩完了。

開著一輛之前查獲的贓車，阿達來到約定的十字路口，直直朝著馬路上的江瀚撞了過去——

巨大的撞擊聲響起，江瀚還來不及反應，就已經被撞飛倒地。他躺在地上，雙眼泛著血絲，撐著最後一口氣……

車門打開，阿達從車上走了下來。

他來到江瀚身旁，確認著他是否已經斷氣。江瀚垂死的目光仰望著阿達，露出一抹恍然神情，似乎認出了他。

「你……你……」江瀚話沒說完，血就跟著嘴巴的張合自嘴裡流出。

「對不起……但這是、我唯一能想到的辦法了……」阿達聲音顫抖著，他抱歉地看著江瀚，直到他嚥下最後一口氣，他才緩步離去……

華燈初上

〖影視改編小說〗

章十一
光

不是每個人都有「家」可回；
即便一個人，也不該一個人。
來吧，月圓「光」團圓。

季節已是夏日尾聲，這天，阿季在「光」跌了一跤，痛得站不起來，被送到醫院她才發現自己懷孕了。想當然，孩子是她跟中村那一夜纏綿的結果。

「很可笑對吧，中村走了，卻留了個孩子給我，我連自己都顧不好了，我怎麼留住孩子，難道我還要去日本找他嗎？」看著坐在病床前的雨儂，阿季邊說邊笑，眼眶卻紅了。

「所以妳不要這個孩子？」

「我不知道……我還有賭債沒還，我也不知道怎麼跟我爸媽講……但我又捨不得，我這個年紀居然還有機會得到一個孩子……」阿季說著，終於哭了出來。

考慮了好些天後，阿季終究還是決定留下這個孩子，只好向雨儂辭職。

「妳現在能找到什麼好工作？妳打算怎麼養小孩？」雨儂質疑道。

「我只知道如果酒繼續喝下去，孩子肯定是沒了。」

「如果、可以選擇的話，妳希望妳的小孩在怎樣的家長大？」雨儂又問。

阿季怔住，她似乎從沒想過這個問題。

「妳是『光』最元老的小姐了吧？熬了這麼久，妳真捨得走……任性、口無遮攔、想罵誰就罵誰、想幹麼就幹麼，妳根本就把『光』當妳家，只有在家裡妳才可以這樣自在吧。」

阿季默然，雨儂說得沒錯。

「妳可以先休息一段時間，等孩子生了再回來，如果妳需要的話。」阿季低著頭，眼神中藏不住感動，她仍撐著臭脾氣，眼眶卻紅了。

＊

下午時分，泡沫紅茶店裡的客人不多，愛蓮走了進來，張望著尋找予恩，卻看到桌邊坐著一個熟悉的身影。她一愣，停下腳步，那個身影是王媽。

王媽也看到了愛蓮，自從她大鬧「光」之後，母女倆已經幾個月沒見面了。愛蓮遲疑片刻，大概猜到了怎麼回事，她果斷上前，在王媽對面坐下——

「妳怎麼在這？嗯……何予恩騙我。」

「是我拜託他約妳的。」

「……」

「我找妳很久了，房東說妳搬走、去學校又發現妳休學，連警察局我都跑了，還是找不到人……」一陣子不見，王媽的神情有些憔悴。

「找我幹麼？妳不是跟我斷絕關係了嗎？」愛蓮有些不以為然。

王媽頓了頓，好半晌才終於拉下臉來，放軟聲調說道：「那時我在氣頭上，我只是希望自己女兒能有個正常的人生——」話沒說完，就被愛蓮打斷了——

「什麼叫做『正常的人生』?」她有些不服氣。

王媽還來不及回答，愛蓮接著劈頭又說：「像妳一樣在親朋好友面前虛構幸福美滿的家庭好跟妳大學教授的地位能匹配……還是跟爸一樣有家不回、在外面搞女人?」

王媽一時語塞。

「這個世界上每個人都有病，什麼叫正常?我們都不要自欺欺人了。」

王媽沉住氣，耐著性子聽愛蓮說完才又開口：「……妳還年輕，以為現在這樣很自由很瀟灑，等妳年紀到了回頭看，妳才知道什麼叫做後悔。」

愛蓮想了想，貌似同意，「或許會有那麼一天吧。」

「既然知道，那就跟我回家，之前那些……我會當作沒發生過……」王媽乘勢又想說服愛蓮。

望著母親，愛蓮直截了當搖了搖頭，拒絕了，「以前的我一直都在逃避，想逃離妳的掌控、不想跟你們一樣……可是現在的我，開始懂得讓自己快樂了。」

王媽一時無言，愛蓮坦然直視著她，笑了，「妳放心，妳永遠都會是我媽，這件事不會改變，但我會把我的人生過好給妳看……」她又特地補充道：「無論在妳眼裡它有多不正常。」

看著眼前神情堅定的女兒，王媽知道自己是說服不了她了。

見完王媽之後，愛蓮回到了剛休學的大學。教室裡，教授正在替同學們上著「新聞倫理與傳播文化」，予恩也在其中，他認真記著筆記，突然一張摺成方塊的紙條飛來，落在了他桌上。

予恩一愣，望向紙條飛來的方向，愛蓮不知何時坐在教室角落那個窗邊的位子，她雙手環胸看著予恩，一副興師問罪的模樣。

予恩打開紙條一看，上面只寫了大大的兩個字——「雞婆！」

這時，下課鐘聲響起，同學們三三兩兩離開。予恩背上後背包，走向正在座位上等待著他的愛蓮，在她前方坐下，「沒想到妳居然會來旁聽？」

「別扯開話題。」愛蓮白了他一眼。

尷尬笑了兩聲，予恩在她身旁坐下，「妳媽都特地跑來宿舍找我，我不好意思拒絕啊。」

愛蓮不發一語，予恩知道愛蓮不是真的在生氣，關心問道：「妳們還好嗎？和解了嗎？」

「沒有和解的和解，也是一種和解吧。」愛蓮淡淡表示。

予恩聽不懂，「什麼東西啊？」

「至少我把心裡的話說出來了，我覺得很痛快。」愛蓮說著，輕鬆地笑了。

「那我就放心了。」予恩也替她感到欣慰。

「你擔心什麼？」

予恩想了想，「我也不知道，就是有種沒辦法不管妳的感覺。」

愛蓮聞言，心裡一陣感動，定定地看著予恩。予恩沒留意到她的眼神，想起什麼似地道：「附近開了家新的冰店，要不要去吃？」

偏了偏頭，愛蓮假裝考慮著，「你請客嗎？」

「有什麼問題？走吧。」予恩爽快地答應了，他說著起身，愛蓮卻突然一個衝動，叫住了他——

「何予恩。」

予恩回頭，疑惑地看著愛蓮。愛蓮也不知道哪來的勇氣，這一瞬間，她只想好好面對自己的感情——

「我喜歡你，你不知道嗎？」

一愣，予恩瞪大眼睛看著愛蓮，久久反應不過來。陽光從窗外灑入，愛蓮坦然回望著予恩，心裡一片晴朗。

*

空無一人的亨利家，室內一片昏暗，只有窗外的廣告看板閃著燈光。

門開了，百合提著一袋飲料走了進來，見亨利還沒回來，也不開燈便走向廚房，把飲料冰進冰箱裡，儼然就是個女主人的姿態。

這時，門外傳來有人上樓的聲音。百合料想是亨利，關上冰箱正想上前迎接，果然，亨利的聲音透過大門傳了進來——

「奇怪，鑰匙呢？」

百合正要替他開門，不料另一個男人的聲音卻跟著響起——

「不會忘在車上了吧？」

百合一愣，收回正要開門的手，下意識地覺得自己應該避開，於是拎起自己放在門口的鞋，往書櫃後面躲去。

「啊找到了。」亨利開了門，和一名男子接連走進屋內，兩人都喝了酒，那名男子，竟然就是栽贓文成勾結毒販的檢察官。

亨利才剛進門，就迫不及待吻上對方，在他耳際吞吐著氣息。

「才剛進門，你是在急什麼？」檢察官笑著。

「想很久了好不好。」亨利說著，一顆顆解開了他襯衫的釦子。

檢察官欲拒還迎，「你確定你在『光』上班的那位，今天不會過來？」

「百合？她們店裡今天週年慶，忙得很。」亨利不以為意。

百合聽著這段對話，神情愕然，她知道自己發現了不該發現的事。

「為什麼給她你家的鑰匙？」檢察官似乎有些吃醋。

「不這樣，能讓她信任我嗎？」

百合不敢置信，拎著鞋子的她悄聲移動腳步，趁著兩人還在調情，迅速地躲進了亨利的房間。她四處張望了一下，目光所及之處，只有床底適合躲人，她立刻彎身爬了進去，才剛躲好的下一秒，亨利和檢察官就走了進來——

檢察官的釦子已經完全解開，亨利脫掉了自己的衣服，霸氣地將他整個人壓倒在床上，吻上了他，兩人吻得深刻又激烈。

百合仍在驚恐中，不料貼得她很近的彈簧床竟開始震動起來。百合感覺到床上的兩人正在溫存，她屏住呼吸，這兩個男人的纏綿，與她只有一床之隔。聽著兩個男人的呻吟聲，百合腦中一片空白，床上那個是她心愛的男子，她忽然心頭一酸，眼淚滑下。

趁著兩人沖澡時，百合一口氣跑了下樓。她在路邊緩緩坐下，腦中一團混亂，想著剛才那一幕，她哭不出來了，她不甘心，她要報復亨利。

在舉報亨利與檢察官勾結販毒之前，百合來到了「Ciao」，她勾著亨利共舞，一反平時的冷漠，開心地笑著。

「今天心情特別好？」

「嗯。」

「怎麼了嗎？」

「因為我知道，你愛我。」

愣了愣，亨利笑了出來，「妳現在才知道？」

「我一直都知道。如果你不愛我，不會給我你家鑰匙……不會每次吵架都是你先低頭……更不會在我面前表現出你的脆弱。」百合期盼地看著亨利，等待他的回答。

亨利隱隱察覺了百合的反常，又不明所以，應付地揉了揉她的頭髮，「當然。」

百合滿意地笑了，兩人繼續舞著，隨著音樂漸歇，兩人的舞步也慢了下來，百合看著眼前的亨利，右手不捨地撫上他的臉，她知道，她很快就要跟他說再見了……

「如果有一臺時光機，我現在就要按暫停。」她悵然說著。

「哦？為什麼是現在？」亨利有些不解。

「因為未來會發生什麼事，誰都不知道……」百合說得別具深意。

全然不知百合已向文成舉報了自己，亨利篤定地笑道：「不用時光機，我現在就可以告訴妳，我的未來，永遠都會有妳。」

「你再多說一點。」

「說什麼？」

「我們的未來。」

亨利想了想，笑道：「我們、會環遊世界，然後會在一個看得到海的山坡上有一棟很大的房子、或許還會有個孩子，然後養一群梅花鹿……我們不用再看別人臉色，想做什麼就做什麼……我們會離開這些爛地方，過著自由自在的生活……」

百合聽著，想像著亨利口中那些美好，露出了難過的微笑……

＊

天空灰濛濛的，雨儂才剛起床，忽然瞥見答錄機裡有一通留言，她上前按下了播放鍵，予恩的聲音傳了出來——

「蘿絲媽媽我是予恩，有件事……」予恩停頓了一下，欲言又止，「還是見面說比較好，妳明天有空嗎？」

雖然有些疑惑，雨儂仍是赴約了。咖啡廳的安靜角落裡，她和予恩面對面坐著。

「因為我幫雜誌社寫了一篇江瀚的報導，所以我蒐集了很多他的資料。」予恩向雨儂說明。

「嗯。」

「我找過院長，她把江瀚遺物交給我了……這也是我今天找妳的原因。」予恩說著，從包裡拿出那臺錄音機，雨儂看著，以為是她先前送給江瀚的禮物。

「這臺錄音機裡，有一些奇怪的錄音，有一些好像在問話還是什麼的聲音，斷斷續續的，而且最後一段……妳聽聽看吧。」予恩把錄音機交給了雨儂，示意她按下播放鍵。

雨儂照做了，錄音機裡傳來了一男一女的對話，仔細一聽，聲音竟然是阿達和淑華——

「怎麼了？」

「我不是故意的……我不知道、我真的不是故意的……」

「妳別慌，不要緊張……」

「……她死了嗎？」

「沒有呼吸了。」

聽到這裡，雨儂整個表情僵住了，怎麼可能……殺了慶儀的凶手，竟然會是淑華？

錄音繼續播放著，突然自動切斷了，予恩見狀說明道：「這臺錄音機好像壞了，我已經找人修過，但就還是怪怪的。」

看著手中的錄音機，雨儂百感交集地壓抑著情緒。

「這應該是慶儀出事那晚、不知道為什麼被錄下來的。」予恩補充完，又問：「妳認得這兩個人的聲音嗎？」

「……雜訊太多了，聽不太出來。」雨儂面無表情，緩緩迎上予恩的目光。

予恩聞言有些失望，隨即又不放棄地追問：「妳再仔細聽聽看，一開始那個風鈴聲，應該是在『光』沒錯……能進到那裡的，除了妳們店裡的人、還會有誰？」

沉默半晌，雨儂心裡似乎有了決定，「我要好好確認一下……這個錄音機，可以讓我帶走嗎？」

那段錄音，雨儂一次又一次聽了好多遍，她決定找淑華問個清楚。那天「光」打烊後，她坐在休息室裡，等著正在更衣的淑華。

「妳不換衣服嗎？」淑華換好衣服，拉開簾子走了出來，見雨儂一動不動，有些不解。

雨儂緩緩抬頭，望著淑華，不發一語。

「怎麼了？」淑華見雨儂沒有反應，倒了一杯水遞給她，在她身邊坐下。

雨儂搖搖頭，緩緩接過水杯，問道：「妳覺得蘇是個什麼樣的人？」

淑華一頓，閃過一個不太自在的表情，笑了笑，「蘇媽媽她很好呀……妳怎麼會、突然問我這個問題？」

「妳恨她嗎？」

「我幹麼恨她？妳怎麼突然問我一些奇怪的問題？」淑華不想面對雨儂的眼神，起身開始整理起自己的東西。

「颱風天那晚，妳去哪裡了？」雨儂索性直接問道。

淑華一陣錯愕，她低頭整理著，動作卻變得有些急躁混亂，「我、我去河堤呀……我不是跟妳說過、颱風那天、河堤裡面暴漲的水真的好壯觀喔，我——」

「花子，妳知道說謊的人，臉上是什麼表情嗎？」雨儂打斷了淑華，一雙眼睛直盯著她。

「……」

「就是妳現在的表情。」

淑華的笑容僵在臉上，她停止了手上的動作，抬起頭，緩緩迎向雨儂的目光……

「妳跟阿達，是不是還有在聯絡？」

頓了頓，淑華不太自然地回答：「沒有啊、很早就沒有了……」

「我以為我們之間沒有祕密……」見淑華仍不願坦白，雨儂深深看進了她的眼裡，難過地，「我再問一次，妳跟阿達，到底是什麼關係？」

淑華緊咬著下脣，她掐著自己的手，猶疑著，終於鬆口：「他、他對我很好，我也很喜歡他……我們還有在聯絡沒錯，但……」

「妳知道他殺了江瀚嗎？」

淑華輕輕點了點頭，承認了。雨儂雖然早就知道答案，但見她承認，心仍隱隱痛了起來，「妳早就知道了，卻一直瞞著我嗎？」

「對不起……」淑華哽咽著，不敢直視雨儂，「阿達他……他是為了我、才這麼做的……對不起……」

雨儂盯著她，沉默半晌，又問：「這件事，和蘇的死有關，對嗎？」

淑華一凜，表情更惶恐了，她再也控制不了情緒，崩潰地痛哭了起來，喃喃說道：「她要把子維帶走，我就跟她吵架，我真的不知道怎麼會變這樣……」

＊

原來颱風那晚，淑華不小心帶走了慶儀寫給子維的生日卡片，回到家她才發現那張卡片，疑惑地打開看著，信上是慶儀娟秀的字跡——

子維，你收到信的時候，我人已經在日本了，雖然距離遙遠，但祝福的心意一點也不少……十四歲，已經不是個孩子，是可以聽實話的年紀了，有件事，乾媽放在心裡很多年，現在是時候告訴你了……

其實，十四年前的今天，是我大著肚子、把你給生了下來……當時的我沒有一個家、沒有錢，更沒有勇氣，因為太害怕了，只好把你交給雨儂和少強照顧……我以為這麼做對你最好，直到那天、在救護車上，看著你為我擔心的樣子，我突然有種感覺，我不能再失去你了。

對不起，我從沒當過一個負責任的媽媽，你願意給我一個機會、來日本一起生活，讓我好好彌補你嗎？

讀完卡片，淑華整個人呆住了，慶儀怎能如此對待雨儂，不僅搶了江瀚、還想把子維帶走？她一時氣不過，撐著傘回到了「光」，想找慶儀理論。

颯颯的風聲不斷響起，休息室外傳來一陣腳步聲，慶儀望去，淑華全身溼透地走了進來。

「蘿絲呢？」

「不知道，她早就離開了。」慶儀剛見完江瀚，折騰了一整晚，她已經累了，沒好氣地說道。

說完，慶儀拿起包包要往門口走去，淑華卻忽然擋住去路，將手中的信封丟在桌上，質問著她：「妳到底還做了多少可怕的事？」

慶儀一怔，拿起那個信封，打開一看，裡頭是她寫給子維的卡片。

「搶走江瀚還不夠，連蘿絲最重要的人都要搶走，妳會不會太過分？」

「雨儂不是子維的媽媽，我才是，這就是事實，妳沒有資格評論。」慶儀面無表情盯著淑華。

一頓，淑華忽然搶走那張卡片，當著慶儀的面把它撕得粉碎。

「沒用的。」慶儀輕輕笑了，「就算妳撕爛這張卡片，我也有子維的出生證明。一旦對簿公堂，他們還是會分開的。」

淑華壓抑著憤怒，瞪著慶儀，「為什麼蘿絲會把妳這種人當成最好的朋友？」

「要不然呢？難道妳以為妳才是她最好的朋友嗎？」

「………」

「別往自己臉上貼金了好嗎？她之所以幫妳救妳，是因為她最喜歡同情別人了，她從小到大都是這種人……」慶儀神情嘲諷，帶著鄙夷盯著淑華，繼續說道：「從認識妳的第一天我就知道，妳的存在、剛好滿足了羅雨儂的病，那種自以為可以同情、憐憫別人的病。」

淑華的眼裡盡是憤怒與憎恨，她幾乎說不出一句話了。

「妳是不是覺得自己很可悲？整天賴在羅雨儂腳邊，沒有自己的主見，只知道要保護主人、想著怎麼討好主人，說穿了，妳根本就像一條狗——」

慶儀的話，讓淑華想起了她最不堪的回憶，那段她與建為的過去。

「快點去洗一洗，下一個客人馬上要來了。」建為催促道，不顧淑華才剛結束接待一組客人。

宛如要攤牌一般，淑華冷然看著建為，「你到底愛不愛我？」

建為一愣，齜牙咧嘴笑著，他上前摟著淑華，「當然啊，我最愛妳了……快點準備了，乖。」

建為吻上淑華的嘴，不料卻突然大叫一聲，竟被淑華咬了一口，他惱怒罵道：「幹妳在衝啥小？」

「你跟小雯的事我都知道了，你讓我賺錢養你們這對狗男女？你有沒有良心？」淑華再也忍不下去了，破口大罵。

建為惱羞成怒，嘴唇被淑華咬破，又被戳破他劈腿的事，他突然衝上前，狠狠揍了淑華一拳——「我他媽就喜歡小雯怎麼樣？她比你年輕、身材比妳好，而且沒被那麼多人睡過……」

「你現在什麼意思？」淑華氣到發抖。

「我什麼意思？我在教妳人要知足，妳什麼貨啊李淑華？妳除了會討好我之外還會什麼？說穿了，妳根本就像一條狗……」

淑華再也壓抑不下了，她顫抖拿起桌上的水果刀，猛然朝建為的腹部刺去——

過往在淑華腦中浮現，見慶儀冷笑著要離去，她的理智線瞬間斷了，一把抓起桌上的菸灰缸，猛然往她的後腦狠狠砸下——

砰的一聲，慶儀背對著淑華倒下，淑華彷彿發洩一般，又拿著菸灰缸繼續往慶儀頭部砸著。等她回過神來，慶儀已經沒有氣息了……

＊

聽完事件始末，雨儂的心情相當沉重。休息室裡，她愣愣想著這段日子以來發生的事，腦中閃過了慶儀，閃過了江瀚……她已經失去太多太多了。

似乎做了某個決定，她熄了菸，拿起錄音機，鐵了心將磁帶倒回最初的位置，按下了錄音鍵。看著錄音機轉動著，洗去了原本的內容，雨儂又點了一支菸，整個人仰躺在椅子上，失去了力氣。

這時，淑華敲門走了進來，她一雙眼睛已經哭腫了，剛才先去洗手間洗臉。

「明天一早我就去自首，我會告訴潘警官，那天晚上是我——」說到一半，便被雨儂打斷了：「那天晚上，什麼都沒有發生。」

淑華一愣，錯愕看著雨儂。

「錄音帶的內容，我剛才全洗掉了。」

「……洗掉？」

「沒有人願意發生這種事……我現在沒辦法說我原諒妳，但是、已經夠了。」

雨儂一臉疲憊，怨懟、無力，她也知道淑華是為了她才做的一切，眾多情緒加諸在她身上，她真的好累好累了，「我已經不能承受……再失去任何人了。」

淑華怔然，兩人就這麼看著彼此，心裡都相當難受……

靠著妹妹的蒐證以及百合的舉報，文成成功替自己平反、洗刷了罪名。他不僅揪出了中山分局局長、檢察官等人與販毒集團掛鉤的證據，還以此威脅對方，換得了副局長的位置。

＊

文成踏上一處無人的河堤，一輛黑頭車停在河堤邊，車子旁坐著一個熟悉的身影，是阿達。阿達望著文成，他戴著手銬和腳鐐，他的罪狀不只一條，除了謀殺江瀚，他還是局長的白手套，涉入了整個販毒結構。

文成在阿達身邊坐下，點了一根菸抽著，也點了一根遞給他。好半晌，兩人就這麼沉默坐在堤岸抽菸看風景。

「從來沒想過，我跟你會坐在這裡……用這種方式、一起看這片風景。」文成不禁感慨。

「我自找的。」阿達抽完了菸，熄菸的當下，手銬發出鋃鐺聲響。

文成從口袋拿出一張紙，遞到阿達面前，那是一份他先前值勤的通聯紀錄，「江瀚出事那天，他有打電話到局裡。」

盯著那張通聯紀錄，阿達聳了聳肩。「你不早就知道了嗎？」

「但我不知道理由，為什麼要把他撞死？」

阿達低頭，迴避著文成的目光，掩飾說道：「因為、他發現我在販毒。」為了保護淑華，阿達選擇說謊。

文成雖然覺得可疑，但阿達一口咬定，他也無從追究，只能先將他收押禁見。直到他正式升官這天，予恩突然找來了，把那臺錄音機交給了文成，錄音機運轉著，卻只播出了一陣「沙沙」的聲音。

「你說，這裡面錄到了凶手的聲音？」文成不解地問道。

予恩坐在文成對面，點了點頭，「本來是這樣沒錯，但是蘿絲媽媽還給我之後，就什麼都沒有了。」

「她把內容洗掉了？」文成有些詫異。

「還有別的可能嗎？」

文成思忖著，又問：「還給你的時候，她是怎麼說的？」

「她說她確認過了，還是聽不出來……」予恩說得有些憤慨，「她一定知道是誰才會想包庇……」

文成沉默了半晌，「你還記得錄音的內容嗎？」

「當然，我記得很清楚。」予恩一臉篤定。

「那麻煩你、盡量按照事實敘述一下。」

予恩點頭，開始道來：「一開始應該是在車上，風雨很大，有個人下了車、推門進了一個地方，那是『光』的風鈴聲……那女的很驚慌，一直在哭，說她不是故意殺人……男的比較冷靜，安撫她，告訴她該怎麼處理，要女的照他的話去做……」

予恩走後，文成看著他留下的錄音機，突然想到什麼，拿出了阿達被收押後自己替他收拾的紙箱。紙箱裡是那臺一模一樣的錄音機，看來很有可能是江瀚拿錯了。

文成看著兩臺錄音機，若有所思，又從阿達的紙箱裡拿出了幾張他與淑華的合照，照片上的日期是一個月前。他想起阿達告訴自己，自從淑華被強暴之後，兩人已經沒有聯絡了；現在看來，阿達明顯是在說謊，但這又是為什麼呢？

想了一個計策，文成先是拜訪了淑華，想從她口中套話——

「最近很忙？」

淑華看著文成，對他突來的到訪有些不安，卻盡可能平常地回答：「還好。」

「那怎麼都沒來看阿達？」

一頓，淑華不解地笑了笑，「為什麼要去看他？……我們又沒那麼熟。」

顯然已經料到淑華會這麼說，文成從口袋拿出幾張淑華與阿達的合照，蹙眉看著，「怎麼看，都覺得你們很親密呀。」

文成將照片擱在淑華面前，淑華一看，眼中閃過一瞬驚慌，愣住。文成沒錯過她的表情，趁勢逼問：「為什麼不承認？還是，妳在隱瞞什麼？」

「我、我哪有……」淑華明顯心虛了。

「你不是知道嗎？殺了蘇媽媽的是阿達。」

淑華聞言一愣，驚愕地瞪大了雙眼，「……阿達？」

「怎麼這麼驚訝？我以為妳知道。」

淑華一時說不出話來，頻頻搖頭，「我不知道啊……怎麼可能是他？」

文成見淑華上鉤，繼續引導著她：「我也不敢相信，但這是他自己承認的，說颱風夜那晚，他在『光』殺了蘇慶儀……」

「為什麼？」淑華完全不理解。

「因為她手上有阿達在找的毒品。」

淑華蹙起了眉，既不安又不敢置信。

「警務人員知法犯法，刑期會加重，阿達的下半輩子，大概都要在牢裡度過了……」文成說著，故意嘆了一口氣。

握緊了拳頭，淑華彷彿在壓抑著什麼似的，「我覺得、他不可能是凶手……」她壓抑著心裡的焦慮，對著文成笑了笑，「潘警官，是不是哪裡搞錯了啊？」

「我也希望是我搞錯，但他為什麼要說謊？」

「可是……除了證詞，不是還應該要有證據嗎？」

「妳為什麼這麼問？」文成目光銳利一閃。

「……」淑華語塞，一時答不上來。

「還是說，妳知道真正的凶手是誰？」文成乘勝追擊。

在文成的注視下，淑華的笑容有些僵了，迴避著文成的視線。她終究沒有當面承認，但文成見她反應，已經證實了心裡的猜測，他命人把阿達帶來了警局的審問室，打算從他這方突破——

「江瀚的死，沒那麼單純對吧？」

「我不是說了嗎？他發現我們跟販毒集團勾結、打電話來報案，我怕事情露餡，只好把他處理掉了。」

「我知道蘇慶儀命案的凶手了。」文成突然八竿子撇不著關係地道。

阿達頓了頓，直視著文成。文成也定定看著阿達，兩個男人就這麼以眼神角力著……

「凶手是花子。」文成看著阿達，認真說道。

阿達先是一怔，而後故作不信地道：「花子？你在跟我開玩笑嗎？」

「你早就知道了，知道花子殺了蘇慶儀、還幫著她處理屍體，對吧？」

阿達不動聲色地瞪著文成，文成繼續說道：「不巧，這件事也被江瀚發現了，你為了保護花子，才對他痛下殺手。」

「……成哥，你想像力太豐富了吧？」

「我已經拿到證據了。」

不料，阿達卻突然笑了，「成哥，我是跟著你學過的。有證據的話，你早拿出來了……你是想套我的話，對吧？」

文成瞇了瞇眼，這傢伙還算聰明，但他也還留有一手，他拿出了那臺錄音機，問道：「認得這個嗎？」

阿達一頓，「我的錄音機？」

「不，這是江瀚的，我也很意外，你們竟然有一樣的錄音機。」

「……所以呢？」阿達不解文成的意圖。

「那天江瀚來局裡接受偵訊的時候，拿錯了你的錄音機。沒想到，裡面竟然錄下了花子殺人的證據。」

阿達懷疑著，這臺錄音機已經故障很久，確實有可能自動錄音……

文成見他遲疑，搖了搖頭，惋惜地道：「要是你不打破那扇窗戶、不教花子怎麼收拾殘局，或許事情也不會走到今天這一步吧？」

接著，文成又拿出了阿達那臺破舊的錄音機，「說起來，還得感謝你這臺破錄音機，颱風夜那天，把你跟花子的對話全部錄了下來。」

阿達聽著，眼神流轉，看不出來他在想些什麼。

「想聽聽看裡面的內容嗎？」文成說著，作勢要按下錄音機，阿達卻突然崩潰地大吼——

「不用了——」

文成停下動作，看著阿達，他臉上的防禦已經鬆動了。

「成哥，拜託你……不用了……」阿達知道自己再也保護不了淑華，激動地痛哭了起來……

＊

叮咚一聲，雨儂家的門鈴響了，門一打開，文成的臉出現在雨儂面前。

雨儂一愣，因為包庇淑華而心虛，她的態度刻意生疏，「有什麼事嗎？」

「我是來通知妳一聲的，今晚我會帶走花子。」

「帶走她？為什麼？」雨儂聞言一怔，防備了起來。

文成自顧自走進屋裡，挑了挑眉，一副「妳心知肚明」的樣子，反問道：

「妳不知道為什麼嗎？」

「有話直說。」

文成也很乾脆，「阿達認罪了，他是為了保護花子才開車去撞江瀚，還有蘇媽媽的屍體也是他幫著處理的。」說完，文成盯著雨儂，等待著她的反應。

見文成已經知情，雨儂整顆心沉了下去，半晌後才緩緩開口：「你什麼時候知道的？」

「何予恩前幾天來找過我，我也見過花子了。」文成坦白回答。

「……」雨儂一時無言。

「妳以為把錄音洗掉，就可以當作這一切都沒發生了嗎？而且……死的不是妳最好的朋友嗎？」

再也冷靜不了，雨儂大聲說道：「你懂什麼？你知道花子的人生是怎麼過來的嗎……你知道她受了多少委屈嗎……你知道她有多努力才走到今天嗎？」

文成沉痛地看著雨儂，「羅雨儂，這不是我認識的妳。沒想到妳為了包庇花子，連是非對錯都沒有了。」

「你不也一樣嗎副局長？」雨儂沉默片刻，炯炯盯著文成，「為了這個位置，你也包庇了該繩之以法的人，你憑什麼說我？」

文成一頓，無法反駁。

「這個世界上，每個人都有自己想保護的、想得到的東西，我們、都是一樣的人。」

兩人就這麼對視著，陷入久久的沉默……

那晚正好是慶儀生日，「光」一如往常的熱絡，店裡滿座的客人，某位客人唱完歌，在掌聲中下臺。雨儂接過麥克風，對大家說道：「我想只要是常客都知道，我們『光』有三個大日子，一個是週年慶，一個是我生日，另一個就是蘇媽媽的生日……她雖然不在了，但是今天是她生日，我可沒忘記喔，今晚的第一杯酒我請，我們一起乾杯好嗎？」

全場客人歡然舉杯，阿季、百合、淑華、愛蓮、雅雅、小豪也是，眾人乾杯之際，不約而同想起了去年的今天、慶儀生日的那天。那天同樣高朋滿座，盛況與雨儂生日不相上下，小姐們穿著白色的歐式禮服，慶儀站在一個三層大蛋糕前，被眾小姐們包圍著，正等著要吹蠟燭……

百合皺眉，朝休息室方向喊道：「小豪你在幹麼啦？蠟燭要熄了……」

小豪應聲：「喔來了來了——」說著，他拿著相機，快步走了出來，手忙腳亂架著腳架。

「來來來，快——」慶儀朝小豪招手，阿季則在一旁抱怨道：「就你愛拖拖拉拉……」

愛蓮掐了一下阿季，阿季驚呼一聲，瞪向愛蓮，愛蓮調皮地對她吐了個舌頭，「連假笑也不會嗎？今天要開心。」

一旁的淑華等不下去了，催促著——「快點啦，我要吃蛋糕了，我要吃最大塊的。」

雨儂看不下去，提醒著淑華：「花子妳最近胖了，克制一點……」

回憶漸淡，小姐們乾了各自手中的那杯酒，繼續著她們的夜生活。雨儂看向了坐在邊桌、正在陪客人喝酒的淑華，這是她的最後一夜，所有小姐都不知道。

這時，小豪廣播著：「下一首，花子點唱《祝你幸福》。」

淑華一聽，高高舉手喊道：「對對對我點的，我可以要求所有的小姐跟我一起合唱嗎？」

全場客人鼓掌著，淑華先站上了舞臺，吆喝著雅雅和愛蓮，雅雅拉著阿季，百合不置可否，也面無表情上臺了。雨儂知道淑華的用意，她沒說出口，緩緩加入了她們。

前奏結束，淑華開口了，她知道待會文成會來拘捕自己，每句歌詞都宛如道別，她唱著——

「送你一份愛的禮物，我祝你幸福……」

「光」小小的舞臺上，小姐們靠在一起歡唱，阿季、百合、愛蓮、雅雅唱著，雨儂也唱著。歌聲之中，雨儂望向了淑華，淑華同時看向雨儂，她們彼此交換了一個微笑，不說再見。

同一時間，文成站在「光」的門口，正在抽菸。他看著「光」的招牌，有些感慨地熄滅菸頭，推開門走進了店裡。遠遠的，隱約有警車的車燈閃爍，鳴笛聲也隨之迴盪，警察即將抵達……

條通巷內，霓虹的光影明滅間，「光」的招牌在夜街亮著，一閃一閃的，這是她們的人生。

終曲

天色晴朗，今天是慶儀的生日。她的墓前擺著一束她最愛的白玫瑰，那是雨儂送的。

「最近發生的事，妳在那邊都看到了吧？妳是不是覺得很荒謬，我們的人生，怎麼就活成這個樣子了？」雨儂站在慶儀墓前，看著墓碑上她的照片，聳肩一笑。

雨儂恍惚的視線之中，慶儀彷彿溫柔地站在墓旁，微笑地看著她。

「我還真想不通，我到底做錯了什麼，才會走到這裡……」雨儂一陣沉默，自嘲地笑了笑，「我知道妳一定會說——」

雨儂說著的同時，她好像也聽到了慶儀的聲音——「人生就是一連串的錯誤，根本沒有對過好嗎……」

雨儂怔怔看著慶儀，她笑得既優雅又美麗，宛如兩人剛認識時一般。

「如果那年，我沒有在學校救妳，我們是不是就不會變成朋友了？」雨儂神情悵然。

慶儀接下去說：「如果我們沒變朋友，那後來的人生，應該就不一樣了……這些討厭的事，都不會發生了……」

兩人對望半晌，慶儀又開口了：「但這樣、我們的人生真的就會過得比較好嗎？」

雨儂斷然搖了搖頭，「我想像不到沒有妳的人生……那些好的、壞的、討厭的、喜歡的……到最後都是妳，都是蘇慶儀，都是我們一起活過的……」

聞言，慶儀笑了，「已經開始想我了嗎？」

雨儂被觸動了什麼，她喉頭一哽，「嗯。」

慶儀眼神溫暖，彷彿從某個觸碰不到的世界凝望著雨儂，「我也是。」

雨儂忍著眼淚，她知道自己的人生還要往前走，她看著慶儀，道別一般，「妳要好好的喔。」

「妳才要好好的。」

「蘇慶儀，生日快樂。」

彷彿收到雨儂的祝福，慶儀對她笑著，雨儂也笑著。陽光下，兩人對望間，那個微笑就是永遠了。

華燈初上

〖影視改編小說〗

華燈初上
〖影視改編小說〗

原　　　著／百聿數碼
故事開發／豐采文創有限公司、
多麼文創製作有限公司
編　　　劇／杜政哲
小　　　說／洪立妍
榮譽發行人／黃鎮隆
執　行　長／陳君平
協　　　理／洪琇菁
總　編　輯／呂尚燁
執行編輯／曾鈺淳
美術監製／沙雲佩
美術編輯／陳又荻
國際版權／黃令歡、梁名儀
企劃宣傳／楊玉如、施語宸、洪國瑋
文字校對／施亞蒨
內文排版／謝青秀

國家圖書館出版品預行編目資料

華燈初上：影視改編小說 / 百聿數碼原著；杜政哲編劇 . 洪立妍小說 .-- 1 版 . --［臺北市］：城邦文化事業股份有限公司尖端出版：英屬蓋曼群島商家庭傳媒股份有限公司城邦分公司發行，2022.03
面；　公分
ISBN 978-626-316-556-4(平裝)

863.57　　111000566

出版／城邦文化事業股份有限公司　尖端出版
台北市 104 中山區民生東路二段 141 號 10 樓
電話：(02) 2500-7600　傳真：(02) 2500-2683
讀者服務信箱：7novels@mail2.spp.com.tw
發行／英屬蓋曼群島商家庭傳媒股份有限公司城邦分公司　尖端出版
台北市 104 中山區民生東路二段 141 號 10 樓
電話：(02) 2500-7600　傳真：(02) 2500-1979
劃撥專線：(03) 312-4212
戶名：英屬蓋曼群島商家庭傳媒（股）公司城邦分公司
劃撥帳號：50003021
※ 劃撥金額未滿 500 元，請加付掛號郵資 50 元
法律顧問／王子文律師　元禾法律事務所　台北市羅斯福路三段 37 號 15 樓

台灣地區總經銷／中彰投以北（含宜花東）　楨彥有限公司
電話：(02) 8919-3369　　傳真：(02) 8914-5524
雲嘉以南　威信圖書有限公司
（嘉義公司）電話：0800-028-028　　傳真：(05) 233-3863
（高雄公司）電話：0800-028-028　　傳真：(07) 373-0087
馬新地區總經銷／城邦（馬新）出版集團 Cite (M) Sdn Bhd
電話：603-9057-8822　　傳真：603-9057-6622
E-mail：cite@cite.com.my
香港地區總經銷／城邦（香港）出版集團 Cite (H.K.) Publishing Group Limited
電話：852-2508-6231　　傳真：852-2578-9337
E-mail：hkcite@biznetvigator.com

版　次／ 2022 年 3 月 1 版 1 刷　Printed in Taiwan

華燈初上

〖影視改編小說〗